读客

读客外国小说文库

激发个人成长

STARDUST

星尘

[英] 尼尔·盖曼 著 李雅欣 译
NEIL GAIMAN

江苏凤凰文艺出版社
JIANGSU PHOENIX LITERATURE AND ART PUBLISHING, LTD

献给吉恩·沃尔夫和罗斯玛丽·沃尔夫

目 录

歌

去吧，跑去抓一颗流星

让那曼德拉草根也有喜

告诉我，去哪儿追流年的踪影

是谁豁开魔鬼的双蹄

叫我聆听海妖的歌

或是抵挡嫉妒的咬蜇

寻寻看

那一番

好风送真心，越过万水千山

若你生有异禀

能见得内心之隐
一万个日夜奔波不停
直到岁月染白发际
当你归来，讲给我听
你经历的一切奇迹
并立誓
不曾见
那么个女人，既忠贞又娇艳

你若寻到，便和我说一声
如此甜蜜的朝圣
算了吧，我还是不去了
哪怕只与她一墙之隔
就算相遇时，她美丽忠贞
可待别后致信
她不等
我叩门
早已负新欢两三人

——约翰·邓恩（1572—1631）

前 言

我自小喜爱童话，现在依旧如此，我不知道自己老了后会是什么样子，但我能笃定地说：我依然会喜爱童话。

二十年前，我在亚利桑那州的图桑参加聚会。我站在屋外，同出色的作者简·约伦和优秀的编辑特雷莎·尼尔森·海登聊天，庆幸自己套了件皮大衣。身在沙漠，一小时前这么穿还挺蠢的，但这儿夜里降温很快。正在这时，我看到一颗流星。它并不像我想象的那样，是一道划过天际、转瞬即逝的光芒，而像黑色天鹅绒上的一颗闪耀钻石，悠悠降落。

我心念一动：它落在那儿，我要去找到它。我不知那会是一块陨星、一颗灼热的宝钻，还是更不可思议的东西。《星尘》的灵感在刹那间诞生。“石墙村”早已在我脑海中成形，而一颗流星似乎是吸引人穿过石墙的绝妙理由。

我将故事的设想告诉了查尔斯·维斯。两年后，我买了一支钢笔和一个大大的绿皮本，躺在我朋友托丽家的沙发上开始创作。她家是一栋别致的桥边小屋，建造在伦敦运河边。

我想象自己正于1922年写作，那时还没有幻想小说。我要为大人写一部童话，给那些喜爱并欣赏这类东西的人读，以内察的、讲故事的口吻写下来。

本书由DC漫画公司出了精美的插图本，查尔斯·维斯为每一页配了图。其后埃文图书旗下的斯派克出版商将该书再版，自此又出了各式各样的版本。

它还被改编成电影，广受好评。这令我很开心。

自初版15年后，本书以漂亮的精装本形象再度面世。我向编辑珍妮弗·布雷尔提议，能否将它设计成一本1922年的漂亮图书。我很高兴她同意了。此外，在DC漫画公司的支持下，查尔斯·维斯再次为本书做了装帧，实在有幸。

我几乎别无所求了。

除了这个愿望：有朝一日，再写一篇特里斯坦·索恩的故事，或将可怜的珍妮·克尔顿送去现在的石墙村，寻找爱与遗忘。

尼尔·盖曼

第一章

石墙村，九年一度的奇事

从前有个年轻人，他想追寻心之所向。

这么开场虽毫无新意（古往今来，许多年轻人的故事都是这么开场的），可这个不平凡的年轻人即将展开一段不平凡的人生，尽管这一切他永远无法悉数知晓。

这个故事同许多故事一样，得从墙说起。

六百年来，石墙村一直坐落在林地中央一块高耸的花岗岩上。村里的屋子方正古旧，由灰岩砌成，屋顶覆着深色瓦片，烟囱高高耸立。所有屋子相倚而建，一栋挨着一栋，充分利用了岩石上的每一寸空地，与灌木和小树交相掩映。

有一条小径从石墙村通往外界，蜿蜒曲折，自南边的森林陡然而上，边沿铺满石块和石子。它向南一直行进，穿过森林，小径会变成一条柏油大道；再走上一程，路面渐宽，总是挤满了往来奔忙的汽车与货车；最终，这条路会带你抵达伦敦，不过呢，从石墙村到伦敦需要一晚上的车程。

石墙村的居民天性沉默，可分为这么两个类型：一类是土生土长的本地人，面色苍白，高大结实，宛如石墙村的花岗岩地基；另一类是外来人口，他们在石墙村落脚成家，繁衍后代。

石墙村西边是一片森林，南边有个湖，湖水平静得令人害怕，由北边山丘上淌下的小溪汇流而成。山丘上有大片原野，是放羊的地方。东边是一片更加广袤的林地。

石墙村的东侧赫然矗立着一堵高大的灰岩墙，村庄因此得名。

这面古墙由粗凿的花岗岩石块堆砌而成，长长的石墙从树丛中显露，又隐没于林间。

墙上只有一处裂口，宽约两米，稍偏向村子北侧。

透过墙口向外张望，映入眼帘的是一大片嫩绿的草甸，草甸尽头是一条小溪，小溪尽头是一片树林。向林间眺望，时而能瞧见人影或其他影子，大小不一，稀奇古怪，还有亮晶晶的小东西一闪而逝。草甸上的牧草鲜嫩肥美，可没有村民会去墙的另一头放牧或耕种。

成百上千年来，村民们反倒在裂口两侧安置了守卫，并力图打消自己越墙的念头。

即便到了今日，仍有两位村民夜以继日地站在裂口边，每八小时轮一次班。他们手执粗大的木棒，一左一右站在裂口内侧。

守卫的主要职责是防止村里的小孩钻出裂口，溜到草甸上或更远的地方去。偶尔他们也得劝阻独行者或来镇上的少数游客，不让他们穿过墙。

若想吓跑孩子们，挥挥棍棒足矣，但若碰上独行者或游客，守卫们有更多招数。只有牧草刚生长出来，或这里有脱缰的野牛之类的说辞不管用时，他们最终才会动用武力。

只有极少数人怀着明确的目的来到石墙村，有时守卫会放他们通过。这些人眼中散发出的光彩，看上一眼便懂了。

自二十世纪以来，从没发生过一起跨墙走私案，村民们引以为傲。

守卫每隔九年会休息一天。那天是五月一日，村里还会在草甸上举办一场集市。

☆

接下来要说的事发生在许多年前。那时维多利亚女王已登上王位，可还不是温莎堡的黑寡妇。她面色红润，脚步轻快。梅尔波恩爵士时不时会轻声斥责这位年轻女王，说她举止轻浮。她那时已陷入热恋，却还没结婚。

查理斯·狄更斯正在连载小说《雾都孤儿》；德拉普刚拍下月球的第一张照片，将苍白的月面冻结在冰凉的纸面上；莫尔斯新近宣布了一种靠金属丝传递信息的方法。

若你向他们中的谁提起魔法或精灵，只会招来嘲讽。没准儿狄更斯例外，他那时还是个没长胡子的小伙子，大概会愁眉不展地看着你。

那年春天，人们来到不列颠群岛，或独行，或结伴，从多佛、伦敦或利物浦登陆。男男女女，肤色各异：有的苍白如纸，有的黝黑似火山岩，有的呈肉桂色，嘴里讲着五花八门的语言。四月里，他们陆续抵达，乘蒸汽火车，骑马，坐大篷车或马车，还有许多人步行而来。

那年，邓斯坦·索恩十八岁，他不太懂浪漫。

他生着榛子色的头发、眼睛和雀斑，个头不高不矮，讲起话来慢条斯理，随和的笑容为他的脸颊增色不少。他曾在父亲的牧场上做白日梦，幻想着离开石墙村——这个尚未显露魅力的地方，去往伦敦、爱丁堡、都柏林，去往那些风向无拘无束的大都市。他在父亲的农场上干活，除了远处田间一栋父母给的小屋外，他一无所有。

四月天，游客们陆续来到石墙村参加集市，邓斯坦对此暗觉不悦。“第七只喜鹊”是波洛缪斯先生的酒馆，素来空房颇多，也早在一周前客满。而今，外乡人只能在农场或私人住宅留宿，用奇异的硬币、药草、香料，甚至宝石来付房钱。

集市的日子渐渐近了，期待的气氛也愈加浓厚。人们醒得越来越早，计日以俟。墙边的守卫显得焦躁不安、心烦意乱。草坪尽头的树丛里，不时有各种各样的人影和阴影攒动。

大家一致公认，“第七只喜鹊”的布丽琪·康蕊是酒馆最漂亮的女侍。她在与自己交往一年的汤米·弗瑞斯特和一个黑眼大汉间挑起了争端。大汉揣着一只呜里呜噜叫的小猴子，会说一点儿英语。每回见布丽琪经过，他都会露出含情脉脉的微笑。

在酒吧里，那些老主顾跟游客们凑得很近，这么说道：

“要九年才一次呢。”

“据说过去每年仲夏都举办一次。”

“问问波洛缪斯先生吧，他准知道。”

波洛缪斯先生个子挺高，橄榄色皮肤，绿眼睛，黑色发卷儿紧贴前额。村里的姑娘长大后都会爱慕他，可他从不予以理会。据说他很久以前也是游客，来到石墙村就留下了。他酿的酒甘冽醇厚，当地人都赞不绝口。

酒吧里，汤米·弗瑞斯特和黑眼大汉爆发了冲突，那大汉似乎叫阿伦·贝。

“看在老天的份上，别吵了！谁来劝个架啊！”布丽琪大喊，“他们要为了我拳脚相加了。”她优雅地一甩头，好让油灯的光照亮她美丽的金色鬈发。

尽管有一大帮村民和外来客在看热闹，可没人出面劝架。

汤米脱掉衬衫，握紧拳头举到胸前。阿伦·贝呵呵一笑，冲草坪上吐了口痰，拽住汤米的右手一抡，汤米立刻腾空飞起，下巴磕地。他手脚并用，挣扎着爬起身，直扑阿伦·贝，正想冲对方的颧骨迅猛地来上一拳，就被一阵扑面而来的拳风击倒在地，摔了个狗啃泥。阿伦·贝坐在他身上咯咯直笑，用阿拉伯语咕哝着。

不费吹灰之力，这场打斗就迅速收场了。

阿伦·贝从汤米·弗瑞斯特身上站起来，神气活现地走向布丽琪·康蕊，朝她深深一鞠躬，咧嘴一笑，露出洁白的牙齿。

布丽琪没理他，快步跑到汤米身旁。“天啊，亲爱的，他到底对你做了什么？”她一边问，一边用围裙擦去他脸上的灰，用各种爱称呼唤他。

阿伦·贝与看客一同回到酒馆。等汤米回来后，阿伦·贝好心好意地为他买了一瓶夏布利干白葡萄酒。两人都不知道谁胜谁负。

那天晚上，邓斯坦·索恩不在“第七只喜鹊”。他是个实在的小伙子。最近六个月，他一直在对黛西·海斯塔——一个同样实在的姑娘献殷勤。晴朗的夜晚，他俩会肩并肩绕着村子散步，探讨庄稼轮作的原理、天气和其他切合生活实际的话题。每次散步，两人总喜欢深情对望，黛西的母亲和妹妹必会识趣地拉开六步距离，跟在他们后头。

来到海斯塔家门口，邓斯坦会停下脚步，鞠躬道别。

黛西会走进家门，摘下花边女帽，说：“我真希望索恩先生能下定决心向我求婚。我想爸爸一定不会反对。”

“没错，我也是这么想的。”黛西的母亲附和道，每个夜晚她都会这么说。她摘下女帽和手套，带两个女儿走进客厅。客厅里有个高个子绅士，留着长长的黑胡子，正坐在地上整理包裹。黛西、妹妹和母亲一齐向他行屈膝礼（他几天前刚到村里，会说一点儿英语）。这位临时住客站起身，鞠躬回礼，又转回自己那包木制品，继续分类、整理、抛光。

☆

四月寒气逼人。英格兰的春天总是变幻莫测、难以捉摸。

南来的游客沿着林间的羊肠小道而来，挤满了所有空房，或将就在牛棚和谷仓里搭铺睡。有些人支起彩色帐篷，还有些人乘着大灰马或毛发蓬乱的小矮马牵拉的篷车。

森林里遍地开满铃兰。

四月二十九日清晨，邓斯坦·索恩抽到签，要与汤米·弗瑞斯特一同站岗。他们站在裂口两侧静静等候。

邓斯坦轮值过许多次，可迄今为止，他的职责仅限于站在原地，时而用嘘声吓走孩童。

今天他自觉重任在身。他和汤米手执粗短的木棍，一见到外乡人靠近裂口便开口制止：“明天再来吧，各位好心的先生，明天再来。今天谁都不许通过。”

外乡人会退后几步，目光依旧不离墙外朴实无华的草坪、草间毫不出奇的树木和远处单调呆板的森林。有些来客会与邓斯坦或汤米搭话，可两人都抿紧嘴唇，拒绝交谈。他们对守卫之职颇感自豪，自然也有了些架子。

到了午餐时间，黛西·海斯塔为两人捎来一小锅肉馅土豆饼，布丽琪·康蕊给两人各带来了一大杯调味麦酒。

黄昏时分，村里另外两个身强力壮的年轻人手提油灯前来换班。汤米和邓斯坦走进“第七只喜鹊”，波洛缪斯先生为他俩各上了一大杯品质上佳的麦酒，作为站岗的报酬。好酒果然名不虚传。酒馆挤得超乎想象，热闹非凡，到处都是兴奋的嗡嗡声。对于走出村外的森林就丧失距离感的邓斯坦而言，只觉得五湖四海的人都聚集此地。因此，他恭敬地看着邻桌的高大绅士——一位头戴黑色大礼帽，从伦敦远道而来的绅士。对共进晚餐的另一位皮肤黝黑、一袭白袍、身材更为高大的绅士，他同样心存敬畏。

邓斯坦心知盯视他人是不礼貌的，再说，作为石墙村的村民，他理所当然地认为自己比“长毛野人”[1]优越。邓斯坦嗅着弥漫在空气中的奇异香气，听着男男女女用百来种语言交谈，毫无顾忌地打量着他们。

1 长毛野人：*Furriner*，发音近似 *Foreigner*，即外国人。

头戴黑色丝缎大礼帽的男士注意到邓斯坦的目光，招手示意他过来。“你想吃蜜糖布丁吗？”他唐突地开口，以此代替自我介绍，“穆坦长老被叫走了。这么多布丁，我一个人可吃不完。”

邓斯坦点点头。盘中的蜜糖布丁散发出诱人的香气。

“好啊，请便。”新朋友递给邓斯坦干净的瓷碗和点心匙。邓斯坦也未作推辞，直接大口吃起布丁来。

见两人的碗盘都快见底，戴大礼帽的绅士说：“我说，小伙子，看来这家客店已经没空房了，村里别的房间好像也被租光了。”

“是这样吗？”邓斯坦一点儿都不惊讶。

“真是这样。所以我想问问你，你知道哪里还有空房吗？”

邓斯坦耸耸肩：“所有房间都租掉啦。我记得九岁那年，父母把我打发到牛棚顶睡了一礼拜，把我的房间腾给一位东边来的女士和她的家人还有仆从。她送了我一只风筝作谢礼，我常在草坪上放。后来有一天风筝断了线，飘上了蓝天。”

“你现在住哪儿？”

“我有栋小木屋，在我父亲的田产边上，本来是我们家牧羊人住的。他在两年前最后一轮收割时去世，父母就把木屋给了我。”

“带我去。”听到这话，邓斯坦压根没起拒绝的念头。

夜空澄净，明亮的春月高挂在天。两人向着村庄下方的森林走去，穿过一整片索恩家的农田（大礼帽绅士被一头睡在草上的母牛吓了一跳，它在睡梦中喷鼻息），来到邓斯坦的小屋。

屋里仅有一间房和一个壁炉。外乡人点点头，说："这儿挺不错的。听着，邓斯坦·索恩，接下来三天我想租下这里。"

"你拿什么来交换？"

"一块一英镑金币、一块六便士银币、一块一便士铜板，还有一块崭新锃亮的法寻[1]。"

这年头若遇上好收成，一个农民能有十五英镑的年收入就算相当不错了，两夜一英镑已是高于行情的价格。可邓斯坦依旧犹豫不决，他对那人说："如果你是来这儿赶集，那该把钱花在买卖奇闻趣事上吧？"

高大男人点点头。

"这么说，你正在追寻某些个奇闻趣事，对吧？"

那人再次环视邓斯坦的单间木屋。这时下起雨来，细雨滴滴答答，落在茅草屋顶上。

"对，没错。"高个绅士略有些不耐烦，"一个奇闻，一件趣事。明天你就会追寻到心之所向。来，把钱拿去。"他轻轻一

---

1 英国旧时货币：几尼（*Guinea*）、英镑（*Pound*）、克朗（*Crown*）、弗罗林（*Florin*）、先令（*Shilling*）、便士（*Pence*）、法寻（*Farthings*）；兑换标准：1 几尼 =21 先令；1 英镑 =20 先令；1 克朗 =5 先令；1 弗罗林 =2 先令；1 先令 =12 便士；1 便士 =4 法寻。

晃手，从邓斯坦耳中掏出一枚钱币。邓斯坦拿起钱币磕碰门上的铁钉，以辨别真伪，接着向绅士深深鞠了一躬，转身走入雨中，把钱币扎进手帕。

邓斯坦冒着淅沥小雨走进牛棚，爬上干草堆，很快沉入了梦乡。

夜里电闪雷鸣，他于半梦半醒之际也有所察觉。凌晨时分，有人不小心踩到他的脚，把他弄醒了。

“抱歉。”一个声音说，“我是说，请原谅。”

“是谁？谁在那儿？”

“是我，我是来赶集的。昨晚我睡在一棵空心树里，可树被一道闪电劈中，像蛋壳一样开裂，像树枝一样折断了。雨水淌入我的脖子，险些漏进我的包。包里有些东西必须保持干燥，必须干得和沙子一样才成。我一路走来一直小心翼翼，可包依旧湿得跟……”

“跟水一样？”

“没错。”黑暗中的声音接着说，“所以呢，我就想问问，你是否介意我在你的屋檐下留宿一晚。我个头不大，也不会碍手碍脚的。”

“你别再踩到我就好。”邓斯坦叹了口气。

恰在此时，一道闪电照亮了牛棚。借着亮光，邓斯坦瞥见角落里有个浑身毛茸茸、头戴硕大软帽的小东西。四周又陷入黑暗。

“但愿我没打搅到你。”那声音说。邓斯坦心想：这声音听上去也毛茸茸的啊。

“不会。”邓斯坦应道。他已经很累了。

“那就好。我真的不想吵到你。”

“拜托，让我睡觉吧。求你了。”

那东西抽了下鼻子，尔后轻轻打起呼噜来。

邓斯坦在干草堆上翻了个身，不去想它是谁、它是什么。那东西放了个屁，挠了挠身子，再度打起鼾来。

邓斯坦听着细雨拍打棚顶，想起黛西，思绪中浮现出两人并肩散步的情景。六步之外跟着一位戴大礼帽的高个子男人和一个毛茸茸的小生灵，邓斯坦看不清它的脸。他们要去看邓斯坦的心之所向……

☆

明晃晃的日光照到邓斯坦脸上，牛棚已经空了。他洗了把脸，朝农舍走去。

他换上最好的外套、衬衫和裤子，用折刀刮掉靴子上的泥巴，接着走进厨房，亲了亲母亲的面颊，又动手取了条乡村面包，配上一大块刚凝固的新鲜黄油。

他将钱币扎入质地细密的礼拜日亚麻布，揣在怀里走进石墙村，向裂口边的守卫道了声早安。

透过裂口看去，满眼尽是撑起的彩色帐篷和架好的摊位，彩旗迎风招展，人们来回走动。

“中午之前，我们不会放任何人通过。”守卫说。

邓斯坦耸耸肩，走进酒吧，思索该用积蓄（他存了一枚锃亮的半克朗和一枚六便士，六便士被钻了个孔，穿上一根牛皮绳，系在他脖子上当幸运符）和手帕里的意外之财买些什么。眼下他还真忘了昨夜大礼帽绅士的另一个承诺。钟声敲响十二点，邓斯坦忐忑不安地跨过石墙，宛如冲破了不容触犯的禁忌。他一路向前，一扭头，突然瞧见那位黑色大礼帽绅士就在身旁，向他点了点头。

“嗨，我的房东。你今天感觉如何？”

“好极了。”

“陪我走走，咱一同逛逛。”

他们穿过牧草地，走向那堆帐篷。

“你来过这儿吗？”那人问。

“九年前，上回集市时我来过，那时我还是个小男孩。”

“嗯……”他的房客说，“记得要有礼貌，别接受礼物，时刻牢记你是个客人。由于我发过誓，现在我要将欠你的最后一笔租金付清。我的馈赠会持续很久，赋予你和你的第一个孩子以及你孩子的第一个孩子……只要我还活着，这份馈赠便会流传下去。”

“那是什么呢，先生？”

“你内心渴望的东西——你的心之所向。”

邓斯坦向他鞠了一躬，两人走进集市。

“眼睛！眼睛！以旧换新！”一个娇小的女人大声吆喝。她身后的桌上摆满了瓶瓶罐罐，装着各形各色的眼睛。

“来自大千世界的乐器！”

“口哨一便士！哼歌两便士！唱诗班的赞美诗三便士！”

“来试试运气！站上来！答上一个简单的谜语，就能赢得一朵银莲花！”

“永不枯萎的薰衣草！风铃草布！”

“瓶装的梦，一先令一瓶！”

“夜晚穿的大衣！黄昏穿的大衣！拂晓穿的大衣！”

“幸运刀剑！权力魔杖！永恒指环！恩典卡牌！快来，快来，这边来！”

“药膏和香脂，春药和万应灵丹！”

邓斯坦在一个摆满水晶饰品的摊位前驻足，细细观览摊上的迷你动物，思忖要不要给黛西带上一个。他拣起一只还不及自己拇指大的水晶猫。小猫灵动地冲他眨眨眼，吓得他猛一甩手。只见小猫在空中翻了个跟头，四爪着地，跟真猫毫无二致。它轻盈地蹿到小摊的角落，舔舐自己的毛皮。

邓斯坦继续往前走，穿越拥挤忙碌的集市。

赶集的人熙来攘往，闹哄哄的。前几周来石墙村的外乡人全都过来了，还有许多石墙村的村民。波洛缪斯先生搭了个帐篷，向村民贩卖葡萄酒和馅饼。村民们常被墙那边的人兜售的食物所引诱，尽管他们的祖父严守先辈的教诲，苦口婆心地告诫他们千万不可以吃精灵食物，尝精灵水果，喝精灵水或饮精灵酒。

每隔九年，石墙外山那边的人会在牧草地上举办精灵集市，昼夜迎客。在这九年一度的日子里，不同国度间可以交易通商。

交易品有奇迹、珍宝和各种匪夷所思的东西，你梦也梦不见，想也想不出（邓斯坦纳闷得很，谁会要装着暴风雨的蛋壳呢）。他把手帕里的钱币捏得叮当响，想挑一个价格实惠的小物件来博黛西一笑。

在市集的喧闹中，隐约飘来悦耳的钟乐声，邓斯坦循着乐声走去。

他途经一个小摊，五个彪形大汉正伴着哀婉的手风琴音乐翩然起舞，拉琴的是一只面色哀戚的黑熊。他又路过一个小摊，见一个身着鲜艳和服的秃子打碎瓷器，将碎片抛进熊熊燃烧的碗底。五彩缤纷的烟雾从碗里冒了出来，引得许多路人围观。

清脆的钟乐声越来越响。

邓斯坦追溯音乐之源，来到一个空无一人的摊位。小摊饰满花草：风铃草、毛地黄、风信子、水仙花，还有紫罗兰、白百合、娇嫩的赤色犬蔷薇、洁白的雪花莲、幽蓝的勿忘我和许多邓斯坦叫不上名的花儿交相辉映。每朵花都是用水晶或玻璃做的，辨不出是雕刻还是拉丝工艺，每一朵每一簇都活灵活现，发出与远方玻璃钟一样的轻灵乐声。

“有人吗？”邓斯坦叫唤。

“先生您早，欢迎来到集市。”摊主吃力地从小摊后方的彩绘篷车中爬下来，粲然一笑，微暗的面色衬出洁白的牙齿。一瞥见她的眼睛和黑色鬈发下露出的耳朵，邓斯坦便知她是墙那边的人——深紫罗兰眸色，耳朵像猫耳一样微微卷曲，覆着一层深色绒毛。不得不说，她长得相当漂亮。

邓斯坦从小摊上挑出一朵花，不由赞叹：“好美啊。”那朵紫罗兰在他手中流泻出叮咚的乐音，仿佛潮润的手指摩挲酒杯的边缘。“这个要多少钱？”

她耸了耸肩，样子惹人怜爱。

“哪有人一上来就谈价钱的啊？也许它会大大超出你的预算，然后你就会掉头就走，弄得我俩都一无所获。我们该换个更灵活的法子谈价钱。”

邓斯坦沉吟片刻。这时邓斯坦的房客——头戴黑色大礼帽的先生恰好路过，他悄声说：“看哪！我欠你的债有着落啦，房租完全付清了。”

邓斯坦甩了甩头，仿佛要确认这不是梦。他再次看向那个年轻女人，问：“这些花是从哪儿来的？”

女人会意地笑了笑：“在卡拉孟山的一侧长着一大片玻璃花田。去时的旅途艰辛多难，回程的旅途更是凶险重重。”

“这些花有什么用途？”

“主要用来装饰和怡情。它们能发出悦耳的声响，捕捉最为赏心悦目的光线，可作为爱慕的信物赠予爱人。”她迎着阳光举起一株铃兰，可透过紫色玻璃的光辉都不及她的眼眸明丽深邃。邓斯坦不由自主地望向那双眸子，完全移不开目光。

“我明白了。”邓斯坦说。

“施法或念咒时也用得上，如果您是一位魔法师……”

邓斯坦摇摇头，他发觉这个年轻女人有些与众不同。

“哦。即便如此，花儿也令人心情愉悦。”她又微微一笑。

她身上的不寻常之处是一条系着手腕和脚踝的细长银链，链子末端一直拖到她身后的彩绘篷车里。

邓斯坦指了指银链。

“这条链子吗？它把我束缚在摊位上。我是一个女巫的女奴，这儿是她的花铺。几年前，我在崇山峻岭间的瀑布边玩耍，她变成一只可爱的小青蛙在我面前扑腾，我就追着青蛙跑，可每当我快抓到它时，它就蹬腿一跳，引诱我不知不觉一步步走出父亲的领地。她突然现出原形，啪的一声把我丢进了布袋。”

“你要永生永世当她的女奴吗？”

精灵女郎笑了笑："不会。等哪一天月亮失去了女儿，一周里出现两个星期一，我就会重获自由。我正耐心等待着那一天的到来。眼下我得听吩咐办事，但也会做做梦。年轻的先生，你想从我这儿买朵花吗？"

"我叫邓斯坦。"

"真是个可敬的名字。"她调皮一笑，"邓斯坦先生，你的长钳在哪儿？你会夹住撒旦的鼻子[1]吗？"

"那你的名字呢？"邓斯坦羞得满脸通红。

"我没有名字了。我是个私奴，早被剥夺了名字。每当听到'喂，你！''丫头！''蠢婆娘！'或别的叫骂声时，我就得立马回应。"

丝绸衣袍紧贴她的腰身，勾勒出优美的曲线，紫罗兰色的眼眸凝视着邓斯坦。他不由咽了口唾沫。

邓斯坦无法继续直视她，他伸手从衣兜里掏出手帕，将钱币倒在柜台上。"这要多少钱？你直接拿就好。"他从桌上拿起一朵洁白的雪花莲。

"我们摊位不收钱。"她把硬币推回给他。

"不收钱？那你们收什么？"他很焦躁，明明自己只想来买

1 十世纪，英国坎特伯雷大主教也叫邓斯坦。他有高超的金属铸造手艺。据说撒旦曾化作美女来诱惑他，他用长铁钳夹住撒旦的鼻子，撒旦痛得受不了，只好恢复原形求饶。

一朵花送……送给黛西，黛西·海斯塔。可不得不说，看摊位的年轻女人令他难以自持。

“我可以拿走你头发的颜色，或是你三岁前的所有记忆，还能取走你左耳的听力——不会全部取光，但你将再也无法享受音乐，无法聆听淙淙流水和萧萧林风。”

邓斯坦摇了摇头。

“要不，你给我一个吻？喏，就亲这边脸上。”

“那我就恭敬不如从命啦！”邓斯坦欠身凑近摊位，伴着水晶花清亮的丁零声和交织的光线，在她柔嫩的脸颊上印下一枚纯洁的吻。她的体香是如此醉人、如此梦幻，在他的头部、胸腔和心中久久萦绕。

“好，请收下。”女人将雪花莲递给邓斯坦。他伸手接过，方觉自己的手粗大笨重，全然不似精灵女郎那双纤巧玲珑的小手。“邓斯坦·索恩，今晚月落之时，我要你回这里见我。到了以后，像纵腹纹小鸮那样咕咕叫，你能做到吗？”

邓斯坦点点头，跌跌撞撞地离开了。他不必过问女子怎么会知道他的姓。那一吻后，她不仅拿走了姓氏，显然也一并取走了别的东西。比如说，他的心。

雪花莲在他掌心中晃出轻灵的脆响。

☆

邓斯坦在波洛缪斯先生的帐篷摊位前碰到黛西，她正与家人和邓斯坦的父母一同坐着，品尝上好的棕色香肠和黑啤酒。只听她说：“怎么了，邓斯坦？”

“我给你买了个礼物。”邓斯坦喃喃低语，将丁零零的雪花莲递给她。雪花莲在午后的阳光下熠熠生辉。黛西困惑地接过礼物，手指上还沾着香肠的油渍。邓斯坦一时情难自抑，他倾身向前，当着父母、妹妹、布丽琪·康蕊、波洛缪斯先生及众人的面，亲吻了黛西素净的脸颊。

果不其然，四下一阵起哄，可海斯塔先生没在仙国边界白活五十七年，他惊呼道：“嘘！安静！瞧他的眼睛。难道你们没看出来，这可怜的孩子丧失神志、迷失心窍了吗？我打赌他被下咒了。嘿，汤米·弗瑞斯特！快过来，把小邓斯坦带回村子，留神看着他。他想睡就让他睡，想说话就陪他说说话……”

汤米带着邓斯坦离开集市，回到石墙村。

“没事了，黛西。”黛西的母亲轻拂她的秀发，“他只是被小精灵碰了一下，仅此而已，你犯不着这样。”她从丰满的胸部抽出一条蕾丝手帕，擦拭女儿顷刻间沾满泪水的脸颊。

黛西抬眼看着母亲，抓过手帕擤了擤鼻子，抽噎个不停。海斯塔太太瞅着女儿，见她似乎笑中含泪，心中疑惑不已。

“可是，妈妈，邓斯坦亲了我。”黛西将玻璃雪花莲别到花边礼帽上。雪花莲一亮一闪，发出动听的乐音。

海斯塔先生和邓斯坦的父亲搜寻了好一阵子，才找到那个水晶花小摊，可摊主是个年迈的老妇人，身边陪着一只美丽的异国鸟，鸟儿被一条纤细的银链锁在栖木上。老妇人完全说不到点上，当被问及邓斯坦的事时，她只是一味念叨有个家伙将她的某件珍品白白送给了一个废物，真是忘恩负义，还抱怨当今世风日下，仆人多么差劲云云。

☆

空荡荡的村中（精灵集市期间，谁还会待在村里），邓斯坦被带进“第七只喜鹊”，靠在高背长椅上安坐歇息。他一手托住前额，茫然地盯着虚空，不时像风一样长叹。

汤米试着与他聊天：“嘿，老伙计，打起精神来。对，就是这样，笑一笑好吗？要不要吃点什么？喝点什么？听我的吧，你看起来怪怪的，邓斯坦……”听不到任何回应，汤米的心飞回了集市。他抚弄着温润的下巴，心想可爱的布丽琪一定由某个相貌堂堂的高大绅士陪伴着，那人身着异国服饰，带着一只呜里呜噜叫的小猴子。在确信自己的伙伴会安静地待在空无一人的酒馆后，汤米再次走回集市。

集市上热火朝天，到处是木偶表演、变戏法、手舞足蹈的动物、马匹拍卖，还有各类物品的售卖或以物易物。

黄昏时，另一类人登场了。其中一个吆喝叫卖着当今报纸上的头条新闻——“风暴堡堡主罹患神秘顽疾！”“烈火山庄搬到沙丘堡！”“加拉蒙地主的唯一继承人变成了呼噜噜叫的威金猪！”……只需一枚硬币，便能知晓天南地北的奇闻趣事。

夕阳西下，一轮圆圆的春月露出脸来，高挂天空。一阵寒气袭来，摆摊的人纷纷退进帐篷。游客们被悄声邀请去观览数不清的奇迹，当然是收费的。

月亮落到天边时，邓斯坦轻踩着卵石地走向石墙。一路上，许多寻欢作乐的游客或外乡人与他擦肩而过，可极少有人注意到他。

尽管石墙很厚，可他刺溜一下就跃过了裂口。他忽然好奇起走在石墙顶上的感觉来，他的父亲也曾这么想过。

这一夜穿过裂口后，邓斯坦生平第一次准许自己穿过牧草地，渡过溪流，隐于远处的树林之中。万千思绪如不速之客，在他脑中蠢蠢欲动。待抵达目的地后，他极力甩掉这些念头，宛如向客人致歉，称自己有约在先，不得不失陪。

月亮沉入地平线。

邓斯坦将手拢到嘴前，咕咕叫了起来。没有回应。天空色泽深沉，或许是蓝色，或许是紫色，但不是黑色。无穷无尽的星辰在天上闪耀。

他再次咕咕叫。

“这哪里像纵腹纹小鸮啊！”耳边响起嗔怪的女声，“更像是雪鸮，乃至仓鸮。若我用枝条堵住耳朵，估计会把这想象成鹰鸮。可总归不是纵腹纹小鸮。”

邓斯坦耸耸肩，傻里傻气地咧嘴笑了。精灵女郎在他身边坐下，让他心醉神迷：鼻腔里满是她的体香，毛孔一张一合，感受着她的气息。

“英俊的邓斯坦，你觉得自己被下咒了吗？”

“我不知道。”

她嫣然一笑，笑声如清泉，从山岩间汩汩流出。

“帅小伙，帅小伙，你没被下咒。”她仰面躺在草坪上，凝望夜空，“你们那边的星空是什么样的？”邓斯坦在她身边清凉的草地上躺下，定定地仰望着满天繁星。比起村里，这边的星星的确有些奇异：兴许是色彩更为缤纷，像闪烁的玲珑宝石；兴许是星座和星星的数目有所不同，奇幻美妙，不可言说。然而……

他们背靠背躺着，仰望星空。

“你有什么人生追求吗？”精灵女郎问。

“我不知道。”他应承说，“你吧，我想。”

“我想要自由。”她说。

邓斯坦伸出手，抚摸那条从她的手腕连到脚踝、继而隐没于草丛间的银链。他用劲拽了拽，发觉银链比看上去更加坚韧。

“这是把猫的呼吸、鱼鳞、月光和银子混在一起做成的。”她告诉他，“除非魔咒破解，否则坚不可摧。”

“哦。”他躺回草坪上。

“我也不该太过介怀，反正这条链子很长很长。可光被链子系着就让我心烦。我想念父亲的国土，况且那个女巫也算不上个多好的女主人……”

她不说话了。邓斯坦靠近她，伸手摸她的脸，感到有湿热的东西溅到了手上。

“怎么了？你在哭。”

她默默无言。邓斯坦拉近她，用大手徒劳地擦拭她的泪花，接着小心翼翼地凑近她泣不成声的小脸，吻上她火热的双唇，也不顾此情此景下这样做是否得当。

她愣了一会儿，张嘴迎合，舌头滑入邓斯坦的口腔。漫天奇异的星辰下，邓斯坦无可救药地迷失了。

此前他也吻过村里的女孩，可从未更进一步。

他的手感受到丝裙下小小的乳房，触碰乳头上硬硬的蓓蕾。她就像个溺水的人儿，紧紧攀附着他，笨手笨脚地揪弄他的衬衫和裤子。

她太娇小了，他生怕会伤到她，弄疼她。好在他没有。她在他身下辗转承欢，娇喘微微，扭动着抬起腿，用手引导他进入。

她在他的脸和胸口印下百来个炽热的吻，跨坐在他身上，一边喘息，一边甜笑，像一条汗淋淋、滑溜溜的小鱼。邓斯坦喜极欲狂，拱起身子不断挺进，脑中满是她，只有她。若知晓她的名字，他准会大声呼唤。

末了他想抽出，可女子不允。她用双腿紧紧缠住他，使劲挤压。邓斯坦感觉两人宛如占据宇宙一隅。在那席卷一切的一刻，他们融为一体——给予，同时接纳。群星渐渐暗淡，消失于黎明前的夜空。

他们并排躺着。

精灵女郎整了整丝袍，再次穿戴齐整。邓斯坦稍带愧疚地拉起裤子，握住她的手轻轻揉捏。

皮肤上的汗收干了，他又冷又落寞。

天色渐亮，现出拂晓前的灰白，他能看清她了。周围的动物渐渐苏醒：马儿跺蹄；鸟儿用歌声迎接黎明；牧草地上，人们纷纷钻出帐篷，四处走动。“现在你得走了。”她一边柔声说，一边惋惜地看着他，眼眸紫莹莹的，紫得像悬于黎明高空的卷云。她又温柔地吻了他，唇齿间溢出碾碎的黑刺梅浆果的味道。一吻完毕，她站起身，走回小摊后的吉卜赛篷车。

孤零零的邓斯坦走回集市，神思恍惚，觉得自己一下子老了许多，不再是十八岁了。

他回到牛棚，脱下靴子，一直睡到正午才醒。

第二天集市散了，邓斯坦没再过去。外乡人陆续离开石墙村，村里的生活恢复如常。虽说与大多数村庄相比有那么些不寻常（尤其是风向不对劲的时候），但总的看来也够寻常了。

☆

集市过去两周后，汤米·弗瑞斯特向布丽琪·康蕊求婚，她答应了。又过了一周，一天清晨海斯塔太太来拜访索恩太太，两人在会客厅里喝茶。

“弗瑞斯特那小子真有福气。”海斯塔太太说。

“就是呀。”索恩太太说，“亲爱的，再来块司康饼[1]吧。我想你家黛西会去当伴娘。”

“我相信她会的，只要她能活到那个时候。”

索恩太太心头一惊，抬起头问：“什么？她可千万别病了啊。”

“她什么也不吃，一天天憔悴，只会偶尔喝一点儿水。”

“天哪！”

海斯塔太太继续说：“昨晚我终于找出她的心病了，是你家邓斯坦。”

“邓斯坦？难道他……”索恩太太捂住嘴。

1 司康饼：*Scone*，英式点心，以燕麦或面粉为主要原料烘烤制成，味道可甜可咸。

海斯塔太太连连摇头，抿了抿嘴：“不，不是你想的那样。邓斯坦对她爱理不理，两人好些日子没见面了。她笃定邓斯坦不再在乎她，只好攥着他送的雪花莲伤心地掉眼泪。”

索恩太太从罐里舀出一些茶叶倒入茶壶，添了些热水：“说实话，邓斯坦他爸和我也有些担心他，他这些天来一直魂不守舍，干起活来也没头没尾。他爸说得让这孩子定定心，还说若他能安顿下来，就把整片农场都给他。”

海斯塔太太缓缓点头：“海斯塔当然也想让女儿开心，他准会把家里的绵羊分一大群给她做嫁妆。”方圆几里，海斯塔家的羊以品质优良闻名：羊毛蓬松，灵性十足，犄角蜷曲，蹄子带劲。海斯塔太太和索恩太太喝着茶，就这么将婚事谈妥了。

邓斯坦·索恩与黛西·海斯塔的婚礼于六月如期举行。尽管新郎有些心不在焉，佳人却光彩照人、甜美娇俏，比起其他新娘毫不逊色。

两人身后，双方父亲正商量着要为新人在西边草场盖一栋农舍。两人的母亲一致认为黛西美极了，只可惜邓斯坦不让她将那枚雪花莲佩戴在婚纱上。

花雨漫天，鲜红、鹅黄、淡粉、洁白的花瓣纷纷扬扬，他们的故事快要结束了。

或者说要暂时告一段落。

小农舍还没盖好前，他俩先住在邓斯坦的小屋里，日子平安喜乐。养羊，放羊，修剪羊毛，护理小羊，如此日复一日，邓斯坦的眼神渐渐不再迷离。

秋去冬来，而今是二月末，正是产小羊羔的时节。天寒地冻，刺骨的寒风吹过旷野和枯林呼啸而来，冰凉的细雨自铅灰色的天空淅沥而下。傍晚六点，太阳已经下山，天色暗沉，一个柳条筐从石墙裂口外被推了进来。站在裂口两边的守卫起初都没注意到篮子，毕竟他们朝着别的方向。当时又暗又湿，他们只顾着跺脚取暖，苦着张脸，眼巴巴地瞅着石墙村的灯火。

一阵尖厉、哀怜的哭叫声响了起来。

他们这才低下头，看到脚边的篮子。篮子里有个襁褓，裹着防水丝布和羊毛毯，当中露出一张哭得声嘶力竭的通红小脸，小眼睛眯成一道缝，张着嘴咿咿呀呀，看来是饿了。

羊毛毯上夹有一枚银别针，别着一片羊皮纸，上面写着几个优雅而略带古风的字：

特里斯坦·索恩

第二章

就这样，特里斯坦·索恩长大成人，贸然许下诺言

许多年过去了。

在墙的另一侧，精灵集市又一次如期举行，年方八岁的特里斯坦·索恩没能参加。他被打发去离石墙村一天车程的一个村庄，与一个远房亲戚同住。

不过他的妹妹——比他小六个月的路易莎，倒获准去了集市，特里斯坦一直为之耿耿于怀。因为路易莎从市场上带回一个玻璃球，里头装满了亮片，能在黄昏时熠熠生辉，洒下温暖柔和的光芒，点亮农场上的昏暗卧室。反观特里斯坦，只从亲戚那儿带回一身惹人嫌的麻疹。

不久后，农场的猫生了三只小猫咪：两只毛色同猫妈妈一样黑白相间，还有一只小小猫，毛皮泛着灰蓝光泽，眼睛会随心情变色，从金绿到肉色，再到深红与朱红。

这只猫送给了特里斯坦，作为他没能去集市的补偿。小蓝猫长得很慢，一直相当讨人喜欢。直到有天傍晚，它开始难耐地来回踱步，大声喵喵叫，毛地黄般的紫红眼睛闪烁不定。当特里斯坦的父亲在农场上劳作一天归来后，小蓝猫凄厉地长叫一声，闪电般地冲出房门，消失在了薄暮之中。

石墙的守卫只管人，不管猫。那年特里斯坦十二岁，他再也没见过那只蓝色的猫，为此郁郁寡欢了好一阵子。一天晚上，父亲走进他的卧室，坐在床脚粗声粗气地说："能在石墙另一边和同伴们在一起，它会更开心的。你别再烦恼了。"

母亲从未与他聊过这事，无论什么话题，她都很少与他谈论。有时特里斯坦一抬头，会发现母亲正定睛瞧着自己，似乎想从他脸上挖出什么秘密。

每天清晨的上学路上，妹妹路易莎总拿这事逗弄他，她有千百个耍他的话柄。比方说，特里斯坦耳朵的形状啦（他的右耳几乎是尖的，平贴着脑袋，而左耳却不是），还有他讲过的蠢话：有一天回家路上，夕阳西沉，特里斯坦说天边一团团松软雪白的小云是绵羊。无论他事后如何辩解，说是白云让他联想到了绵羊或白云柔软蓬松很像绵羊，都于事无补。路易莎像个小妖精一样取笑他，嘲弄他，刺激他。更甚的是，她还唆使别的孩子在特里斯坦经过时悄声"咩咩"叫。路易莎是个天生的煽动家，总围着特里斯坦手舞足蹈。

村里的小学是所好学校，在女教师切丽太太的教导下，特里斯坦掌握了小数、经度和纬度的知识。他能用法语向园丁——也就是自己的姑姑借钢笔。从 1066 年的征服者威廉到 1837 年的维多利亚女王，这期间所有英国国王和女王的名字他都背得出来。他学会了阅读，还练就了一手工整漂亮的书写体。石墙村中，游客虽难得一见，但时不时会来个小贩兜售“一便士惊悚小说”，讲一些穷凶极恶的杀手、在劫难逃的绑票、惊天密谋或绝处逢生的故事。多数小贩也叫卖歌谱，一便士两份，有些人会买回家，一家子围坐在钢琴旁，唱《樱桃熟了》或《在我父亲的花园》之类的歌。

日子就这么一天天、一周周、一年年地过去了。十四岁时，在下流笑话、窃窃私语和淫秽情歌的耳濡目染下，特里斯坦知晓了性这回事。十五岁那年，他从汤米·弗瑞斯特先生屋外的苹果树上跌落，摔伤了腿，确切地说，是从维多利亚·弗瑞斯特小姐卧室外的苹果树上跌落。令特里斯坦失望的是，他只瞥见了一眼粉色而撩人的维多利亚。她同他妹妹一般大，毫无疑问是方圆百里最标致的姑娘。

维多利亚十七岁时，特里斯坦也十七岁。他已确信维多利亚无疑是不列颠群岛上最漂亮的姑娘，并认定就算不是世界第一，她也在全大英帝国艳冠群芳。倘若你有意同他争辩，他就会（要不就打算）扇你一耳光。不过，你很难在石墙村找到谁与他意见相左。维多利亚吸引了众多目光，十有八九也伤了许多人的心。

形容一下：她生着和母亲一样的灰眼睛和心形脸蛋，有着跟父亲一样的栗色卷发，唇色红润，唇形优美，说起话来双颊会泛起可爱的玫瑰色。她肤色白皙，十分讨人喜欢。十六岁时，她和母亲大吵了一架，因为她打定主意要在“第七只喜鹊”当酒馆女侍。“我和波洛缪斯先生说过了，他一点儿也不反对。”她这么对母亲说。

她母亲——曾经的布丽琪·康蕊应道：“波洛缪斯先生怎么想又有何干，对年轻女孩来说这份工作太不体面了。”

石墙村的村民兴味盎然地旁观这场意志的较量，好奇结果如何，因为没人说得过布丽琪·弗瑞斯特。村民们都说，她的伶牙俐齿足以令谷仓门上的油漆起泡或撕开橡树的树皮。村里没人敢跟她叫板。村民们还说，要石墙走路都比让布丽琪改变心意来得容易。

然而，维多利亚习惯了我行我素，不管先前的言行是否奏效，她都会去找父亲，而父亲往往会答应她。可出乎意料的是，这回父亲却站在母亲这边，声称受过良好家教的女孩不该在“第七只喜鹊”工作。既然汤米·弗瑞斯特不肯松口，事情便到此为止。

☆

镇上的每个男孩都倾心于维多利亚，许多沉稳的绅士亦是如此。他们不声不响地结了婚，胡须也染了霜。可每当维多利亚从街上走过时，他们仍会直勾勾地盯着她，变回青葱岁月的那个男孩，脚步也轻快起来。

“据说门荻先生也是你的爱慕者呢。”五月的午后，路易莎·索恩在苹果园里打趣维多利亚。

一共有五个姑娘，一同坐在果园里岁数最大的苹果树上，粗壮的树干坐上去既惬意又安稳。每当五月的微风拂过，粉色的花瓣就像雪一样纷纷撒落，停驻于她们的掌心和裙裾上。午后的阳光穿透果园里的叶子，投下绿色、金色和银色的斑驳光点。

“门荻先生少说也有四十五岁了。”维多利亚鄙夷地说。她做了个鬼脸，以示当你碰巧十七岁时，四十五岁到底有多老。

“不过他已经结婚了，我可不想嫁给一个结过婚的人。”路易莎的表妹塞西莉娅·海斯塔表态，“就像有人强行驯服了我的小马一样。”

“在我看来，这算是嫁给鳏夫的唯一好处了。”艾米莉亚·罗宾森说，“这样就会有人先磨平他的棱角，把他驯服了。何况我还能想到，到那把年纪，他的欲望也早该得到满足并随之减退了。这样能让人免受许多羞辱。”

缤纷的苹果花间，响起一阵努力憋回的吃吃窃笑。

“话虽如此，”露西·皮平吞吞吐吐，“若是能住进大房子，拥有一辆四轮大马车，恰逢好时节就能去伦敦旅行，去巴斯饮矿泉水，去布莱顿泡海水浴……想想就美，就算门荻先生已经四十五岁了又何妨呢？”

其他姑娘开始尖声起哄，将大把的苹果花往她身上抛，其中叫得最响的，抛得最欢的，当属维多利亚。

☆

十七岁的特里斯坦只比维多利亚大六个月，正介于男孩和男人之间，对两个角色都颇感不适。他的胳膊肘和喉结尤为显眼，棕褐色的头发就像一团湿透的稻草，以十七岁的特有角度别扭地乱戳，再怎么打湿或梳理都是老样子。

他极易害羞，就像大多数想改变自我的腼腆者一样，他有时会抓错时机，过犹不及地说上太多话。大多数日子，他都过得称心如意，如同每一个前途无量的十七岁少年。当他在田野或“门荻与布朗”商店后头那张高脚桌前做白日梦时，会幻想自己乘火车直达伦敦或利物浦，搭乘蒸汽邮轮，横跨灰色的大西洋抵达美洲，从新大陆的土著身上大赚一笔横财。

然而，有时风会从石墙那边吹来，夹带薄荷、百里香和红醋栗的气味。每到这时，村里的壁炉便会腾起色泽奇异的火焰。一旦刮起那种风，连构造最简单的物件——从摩擦火柴到幻灯机，都会尽数失效。

与此同时，特里斯坦会梦到一些离奇而羞耻的幻景，光怪陆离。比如他会梦到穿越丛林解救宫殿里的公主，再如梦到骑士、食人魔和美人鱼。每当一时兴起，他就会溜到房屋外，仰面躺在草地上，凝望满天星辰。

少有人能见到前人眼中的星空，城市、乡村都向夜空放出了太多光亮。不过呢，在石墙村，星星就像宇宙或思想那样浩瀚无穷，如森林中的树或树上的叶子那般不计其数。特里斯坦凝望着深黑的天穹，直至不存杂念，全然放空，这才回到自己的床上，沉沉睡去。

他又高又瘦，行动起来不太灵活，却有蓄势待发的气势，就像一桶待引燃的火药。可没人会去点燃。因此，特里斯坦在周末和傍晚会去农场上帮父亲干活，白日就在“门荻与布朗”里当店员，为布朗先生工作。

“门荻与布朗”是村里的杂货店，店里留有一些日用品库存，但大多数交易都要靠订单：村民们将列有所需品的订单交给布朗先生，像罐头肉、浴羊药液[1]、切鱼餐刀、烟囱瓦什么的。特

1 浴羊药液：*Sheep-dip*，用以浸杀羊毛中的寄生虫。

里斯坦要将所有订单汇总，门荻先生就会带着总订单，驾着一辆由两匹高大的夏尔马[1]所拉的大拖车，去往最近的郡府，在几天内拉着一车堆得高高的货品，满载而归。

十一月末，一个寒冷而狂风大作的傍晚，伴着那种似要下雨又不下来的天色，维多利亚走进“门荻与布朗”，她带着一张订单，上头是她母亲工整清晰的字迹。她按响了柜台的服务铃。

看到特里斯坦从里屋出来，她似乎有些失望。

“你好，弗瑞斯特小姐。”

她拘谨地笑了笑，将订单递给特里斯坦。

订单上这么写着：

半磅西米

十罐金枪鱼

一瓶蘑菇番茄酱

五磅大米

一听金色糖浆

两磅醋栗

一瓶胭脂红食用色素

一磅麦芽糖

---

1 夏尔马：*Shire horse*，常用来拉车、拖重物的强健大型马。

一盒朗特里精选可可

三分升奥基刀油

六分升布伦瑞克黑漆

一包斯威波鱼胶

一罐家具蜡

一柄肉汁汤勺

一个九便士的肉汁滤网

一套厨用活梯

特里斯坦一边默念，一边思索能先引出个什么话题，什么都行。

他听到自己说："弗瑞斯特小姐，我猜你们一定是要做大米布丁吧。"话一出口，他就意识到此言不妥。维多利亚抿起完美无瑕的唇瓣，眨巴着灰眼睛，说道："没错，特里斯坦，我们正是要做大米布丁。"

她冲他微微一笑，接着说："我妈妈说，够分量的大米布丁能抵御伤风感冒和其他秋季易感的小毛病。"

特里斯坦接过话头："我妈一直坚信木薯淀粉布丁的功效。"

他将订单插到钉子上："大多数商品明早就能给你们送去，其余的得等下周初门荻先生采购归来。"

一阵狂风刮过，剧烈如斯，震得镇上的窗户吱呀作响，刮得风信鸡胡乱打转，分不清东南西北。

“门获与布朗”的壁炉熊熊燃烧，升腾起或绿或红的火舌，扭曲盘绕，顶端冒着闪烁的银芒。若你往起居室的火炉里扔一把浸过油的铁屑，也能弄出这种闪光来。

这阵风是从东边的仙国吹来的。特里斯坦心中，一股前所未有的勇气油然而生。他开口说：“弗瑞斯特小姐，再过几分钟我就下班了。兴许我能陪你走上一程，反正不绕路。”维多利亚用灰眼睛瞧着他，被逗乐了。特里斯坦的心提到了嗓子眼，像是等了一百年，才听到她说：“当然可以。”

特里斯坦连忙跑进店堂，告诉布朗先生他这就要下班。听闻此言，布朗先生并未发火，只是不咸不淡地嘟囔，称自己年轻那会儿，不仅要每天待到很晚负责关店门，还得睡在柜台下的地板上，拿大衣将就当枕头。

特里斯坦暗自庆幸，自己真是个好运的年轻人。他向布朗先生道了声晚安，从衣帽架上取下大衣和崭新的圆顶礼帽，走到店外的卵石走道上。维多利亚正在等他。

秋日的暮色渐渐转浓，不知不觉就入夜了。特里斯坦嗅到空气中依稀的冬日气息——混合了夜雾、凉爽的黑暗和浓郁的落叶味。

他们沿着蜿蜒的小径走向弗瑞斯特农场，一路上坡。皎洁的新月高悬天边，头顶的夜空群星璀璨。

过了一会儿，特里斯坦唤了一声：“维多利亚。”

“哎，特里斯坦。”维多利亚应道。一路上她都心神不宁。

特里斯坦问：“如果我吻你，你会觉得唐突吗？”

“会！”维多利亚冷冷地一语驳回，“当然会！”

“好吧。”

他们一言不发地登上戴提斯山。抵达山顶后，他们回转过身，俯瞰山脚下的石墙村。透过窗户，每家每户尽是跃动的烛光和闪烁的灯火，暖融融的黄色光线令人心驰神往。头顶是漫天繁星，闪闪烁烁，明明灭灭，冷冰冰而触不可及，数目多得超乎想象。

特里斯坦伸出手去，握住维多利亚的小手。她没有挣脱。

“你刚才看到了吗？”维多利亚眺望着远方，问道。

“我什么都没看到。”特里斯坦说，“我眼中只有你。”

月光下，维多利亚微微一笑。

特里斯坦由衷地感叹：“你是天底下最可爱的女人。”

“去你的。”维多利亚回嘴，但语气很轻柔。

“你刚才看到了什么？”

“一颗流星。我想到每年这个时候，流星并非难得一见。”

“维姬[1]，你愿意吻我吗？”

“不好。”

“早两年前，你吻过我。当你十五岁时，在誓约的橡树下吻

1 维多利亚的昵称。

过我。去年五月一日你也吻了我，在你父亲的牛棚后头。”

“那时我是另一个人，况且我也不该吻你，特里斯坦。”

“如果你不愿意吻我，那你愿意嫁给我吗？”特里斯坦追问。

山丘上一片静谧，唯有十月的风飒飒吹过，随即响起一串银铃般的笑声，那是全大不列颠群岛上最漂亮的女孩被逗笑了。

“嫁给你？”她难以置信地反问，“我为什么非得嫁给你，特里斯坦？你能给我什么？”

“给你什么？维多利亚，我可以为你到印度去，带回好多好多的象牙以及像你拇指那么大的珍珠和鹌鹑蛋大小的红宝石。

“我要去非洲，为你带回板球那么大的钻石。我要追溯尼罗河的源头，命上你的名。

“我要去美洲，直奔圣弗朗西斯科金矿，不找到同你一样重的金子誓不归来。我会将金子带回来，铺开在你的脚前。

“只要你一声令下，就算是远在天边的北极我也会去，为你杀死威猛的北极熊，将熊皮带回来献给你。”

“在讲到杀害北极熊前，你说得都相当不错。”维多利亚说，“即便如此，你还是个小店员、小农夫，我不要吻你，也不要嫁给你。”

月色皎洁，特里斯坦的双眼炯炯有神：“我愿意为了你，跋山涉水去往华夏，劫持海盗头子，抢来满载着玉石、丝绸和鸦片的华夏大帆船。”

“我还要去澳大利亚，探寻世界的尽头，为你带回……”他绞尽脑汁，回想读过的一便士惊悚小说，试图忆起有没有哪个男主人公曾闯荡过澳大利亚，“一只袋鼠，还有猫眼石。”他对猫眼石相当有把握。

维多利亚捏住他的手：“我要一只袋鼠做什么？这会儿我们得快点回家了，不然我爸妈会揣测我为什么耽搁，疑神疑鬼，然后草率得出一些离谱的结论。因为我根本没有吻你，特里斯坦。”

“吻我吧。”他央求道，“为了你的吻，我什么都愿意做。没有我登不上的山，没有我渡不过的河，也没有我穿越不了的沙漠。”

他伸展开手臂，指着下方的石墙村和上方的夜空。低挂在地平线上的猎户座中，有一颗星星一闪而落。

“为了你的吻，为了牵手一生的誓约，我愿意为你带回那颗流星。”特里斯坦大言不惭。

大衣太薄了，他打了个哆嗦。明摆着他是得不到维多利亚的吻了，这可真难受。在那些廉价的惊悚小说里，男主人公要想得到一枚吻，从来不需如此费劲。

“那你就去吧。如果你真能办到，那么我愿意。”

“什么？”

“要是你能把那颗星星带回来，就是刚刚坠落的那颗，不要别的，那么我就吻你。谁知道我还会答应你什么呢。这样一来，你就不用去澳大利亚、非洲或是遥远的华夏了。”

“啊？”

见他这反应，维多利亚忍不住笑了。她抽回自己的手，步下山丘，向着父亲的农场走去。

特里斯坦追上她，问：“你是认真的吗？”

“我很认真，就同你说出红宝石、金子、鸦片那些个花言巧语时一样认真。”她回答道，“对了，鸦片是什么呀？”

“咳嗽药水里的一种成分，就像桉树叶。”

“听起来也不是特别浪漫。不过呢，你现在难道不该拔腿就跑，去追回我的星星吗？它落在东边，喏，那儿。”她又扑哧一笑，“笨笨的小店员，你那点能耐，除了凑够大米布丁的原料，还能指望什么呢？”

“要是我为你带回了流星呢？”特里斯坦对她的话满不在乎，“你会给我什么？一个吻？执手成婚？”

“你想要的一切。”维多利亚乐不可支。

“你发誓？”

眼下，他们离弗瑞斯特家的农舍已经不到一百码，温暖的橘黄色灯光映亮了窗户。

“那当然。”维多利亚笑着说。

通向弗瑞斯特农场的小径积满烂泥，被马匹、牛群、绵羊和狗踩得泥泞不堪。特里斯坦双膝跪地，毫不在意外套或羊毛长裤沾上泥浆："一言为定。"

此时，东面吹来一阵风。

"亲爱的，我得就此与你告别了。因为我有一项刻不容缓的使命，必须到东边去。"特里斯坦站起身，不顾沾在膝盖和外套上的污泥，向维多利亚鞠了一躬，脱帽致意。

维多利亚冲着这个瘦削的小店员笑了起来，笑得那么久、那么大声、那么开心，她清脆的笑声一路跟随特里斯坦越过山丘，直到更远的地方。

☆

特里斯坦一路跑回家，被黑刺梅钩住了衣服，还被一根树枝打掉了帽子。

他喘着粗气，不顾皮肤擦伤，跌跌撞撞地奔向自家农场，跑进家里的厨房。

"瞧瞧你这样子！"他母亲说，"天哪！我平生还是头一遭见到！"

特里斯坦只好冲她笑笑。

"特里斯坦？你妈在和你说话呢，你没听见吗？"父亲发话了，尽管栗色卷发里已生了好些银丝，三十五岁的他依旧是中等身材、满脸雀斑。

“父亲，母亲，对不起。可今晚我就要离开村子了，我要出去一阵子。”

“荒唐！”黛西·索恩说，“一派胡言！”

但邓斯坦察觉出儿子眼神有异，便对妻子说：“让我和他说几句吧。”妻子犀利地看了他一眼，点了点头：“好。但儿子的破外套由谁来补？这我倒是想知道呢。”说罢，她急匆匆地离开了厨房。

厨房的火炉嗞嗞作响，闪着微弱的绿光和紫光。“你要去哪儿？”邓斯坦问儿子。

“东面。”

邓斯坦点点头。有两个东面——穿过森林，去往东面的郡县，还有另一个东面，那就是墙的另一边。邓斯坦不用问都知道儿子指的是哪一个。

“你还会回来吗？”父亲又问。

特里斯坦咧嘴一笑：“那当然。”

“嗯，那就好。”邓斯坦刮了刮鼻子，“你有琢磨过该怎么穿过石墙吗？”

特里斯坦摇摇头：“总有办法的。必要的话，我可以和守卫打上一架，开出一条路来。”

“你可不能这么做。换作是你或我值班，碰上这档子事会作何感想？我可不想见人受伤。”他又刮了刮另一侧的鼻翼，“快去打包行李，再去和你母亲吻别。我陪你一同去村里。”

特里斯坦备了个行李袋，装进母亲给的六个熟透的红苹果、一条乡村面包和一块圆圆的农家白乳酪。索恩太太不愿意直视他，他便亲了亲她的脸颊，与她道别，然后与父亲一同向石墙村走去。

十六岁时，特里斯坦第一次在墙边站岗。他只接到一条指令：守卫的职责是不惜一切办法，阻止村里人穿过墙上的裂口。倘若劝阻不了，就得喊村里人来帮忙。

他一边走，一边好奇父亲在想什么。也许他俩能联手制服守卫，也许他父亲会引开守卫的注意，让他趁机开溜……也许……

在他们穿过村子来到石墙裂口前，特里斯坦已设想了无数种可能，愣是没料到真真切切发生的一幕。

今晚执勤的是哈洛德·克鲁奇拜克和波洛缪斯先生。哈洛德是磨坊主的儿子，高大魁梧，比特里斯坦年长几岁。波洛缪斯先生生着绿色的眼眸和一头黑色卷发，笑容坦荡，浑身散发出葡萄、葡萄汁、大麦和啤酒花的气味。

邓斯坦走向波洛缪斯先生，在他跟前站定，跺了跺脚，驱散夜晚的寒气。

“晚上好，波洛缪斯先生。晚上好，哈洛德。”邓斯坦问候道。

“晚上好，索恩先生。”哈洛德应道。

“晚上好，邓斯坦。”波洛缪斯先生说，“你近来可好？”

邓斯坦点头称是。他们又谈起气象，并一致认为近来的坏天气对庄稼汉很不利，只消看看冬青和红豆杉浆果的收成，便知一个严寒难熬的冬天即将来临。

听着他们东拉西扯，特里斯坦急不可待，险些发起火来。他竭力按捺，将气话吞进肚里。

他父亲终于说起正事：“波洛缪斯先生，哈洛德，我想你们都认识我的儿子特里斯坦吧？”特里斯坦忐忑不安地脱帽行礼。

随后，他父亲说了几句他听不懂的话。

“我想你们都知道他从哪儿来。”

波洛缪斯先生点点头，没有发话。

哈洛德称他听过一些谣传，虽说人不该对一知半解的事全然相信。

“那是真的。”邓斯坦说，“现在是时候让他回去了。”

“有一颗星星……”特里斯坦正想开口解释，可父亲示意他保持安静。

波洛缪斯先生摸了摸下巴，另一只手捋过浓密的黑鬈发。“我了解了。”他转过身，与哈洛德耳语了几句，特里斯坦听不清他们说了什么。

他父亲往他手心塞了个冰凉的东西。

“只管上路吧，孩子。去吧，带回你的星星，愿上帝和天使与你同在。”

看守裂口的波洛缪斯先生和哈洛德退到一边，让特里斯坦通过。

特里斯坦跨过石墙上的裂口，来到另一边的牧草地上。

他转过身，回望框在裂口里的三个男人，心中纳闷不已：他们为何允许自己过来呢?

随后，他一手抓着晃荡的行李袋，把父亲塞进手心的东西移到另一只手，动身朝着平缓山丘上的密林走去。

☆

他一步步往前走，夜里的寒气渐渐减弱。走进小山丘顶的树丛后，他猛然发觉明亮的月光正透过树隙照耀着自己。为此他惊愕不已，月亮明明一个小时前就下山了啊。更令他讶异的是，先前的月亮是一道纤细的新月，而今照着他的却是一轮硕大的金色满月，又圆又亮，色泽深沉。

他手心里的冰凉物件丁零作响，如水晶般晶莹剔透，声音像小玻璃教堂里的钟声。特里斯坦摊开手，迎着月光将之举起。

那是一朵玻璃雪花莲。

暖风拂过他的面颊，闻起来就像薄荷、黑加仑叶和熟透的红李子。自己竟选了一条如此艰辛的漫漫长路。他正步入仙国，寻找一颗坠落的星星，全然不知该从何着手，也不知该如何自保。他回过头，幻想着石墙村的灯火仍亮在身后，伴着氤氲的热气摇曳闪动，等着他回家。

他也知道，若他现在打道回府，也没人会轻视他——父亲不会，母亲也不会，就算是维多利亚，也顶多会在下次见面时冲他笑笑，叫他一声“小店员”，再添上一句：星星一旦坠落，就很难找到了。

他顿了顿。

他想起维多利亚的芳唇、灰眼睛和笑声，尔后挺直肩背，解开外套最上头的扣子，将雪花莲插入扣眼。因无知而无惧，因年轻而无畏，特里斯坦·索恩离开了我们熟知的国土——踏入了仙国。

第三章

我们遇见了一些人，大多都还健在，他们也关注着流星的命运

休恩山之巅的风暴堡是由第一任领主筑造的，他从第一纪末期统治到第二纪初期。自此，继任领主不断将其扩建、修缮、挖洞、凿穴。如今，山峰斜插入天，原貌不再，宛如灰色花岗岩巨怪精雕细琢的獠牙。风暴堡高耸入云，雷云聚集于此，随后降至低空倾洒暴雨和闪电，无情地蹂躏下界。

风暴堡第八十一任领主卧在床上，气若游丝，他的寝宫如龋洞般开凿在最高峰上。在我们熟知的世界之外，这个国度也存在死亡。

他把儿子们叫到床边，活着的死了的都来了，瑟缩在寒冷的花岗岩卧厅里。他们围床恭候，生者站在右边，死者站在左边。

他的四个儿子已经死亡：老二、老四、老五和老六。他们一动不动地站着，灰暗的身影虚幻而沉寂。

三个儿子还活着：老大、老三和老七。他们僵立在寝宫右侧，局促不安，抓鼻挠腮，还不断换着两脚间的重心，像是因死去的兄弟悄无声息的样子而愧疚。他们没朝对面的死者瞥上一眼，仿佛故意装作屋内仅有他们和父亲几人。屋里很冷，寒风从花岗岩上洞开的大窗不断涌入。也许他们确实看不见死去的兄弟，也有可能他们自己就是凶手（一人杀一个，除了老七杀了老五和老六两人。他用一盘腌鳗鱼毒死了老五，更为兼顾效率和体面而没再使诈，趁一个与老六共赏下界雷暴的夜晚，把他一把推下悬崖），才对死者视而不见。他们是良心难安，还是怕罪行暴露或鬼魂报复？他们的父亲无从知晓。

私底下，第八十一任领主巴望着在临死之前，风暴堡的七位年轻勋爵中已死掉六个，只剩一个还活着。这人就会成为风暴堡第八十二任领主，同时主宰高崖地。想当初，几百年前，自己就是这样夺得王权的。

现在的年轻人真是糨糊脑袋，没半点他年轻时的胆量、气魄和冲劲……

有人在说话，他迫使自己凝神细听。

“父亲，”老大用深沉的嗓音重复道，“我们都来齐了，您有何吩咐？”

老人直勾勾地盯着他。伴随一声骇人的喘息，他使劲将一丝稀薄、冰凉的空气吸进肺里，接着张开口，声调同花岗岩般又尖又冷：“我奄奄一息，命不久矣。你们得把我的遗体运入大山深处的宗庙，放入第八十二个墓穴，也就是第一个没被占的墓穴，这才算完事。如果你们不照做，那每个人都逃不过诅咒，风暴堡的高塔也会崩塌。”

三个在世的儿子没吭声，四个死去的儿子倒是叽里咕噜说个不停。也许是在惋惜吧。因为他们的尸体不是被老鹰吞了个精光，就是被激流裹挟，跌下瀑布顺流入海，永远无法在宗庙里安息。

“现在说说继承权的事。”堡主喘个不停，声音就像破风箱里挤出的气流。三个活着的儿子抬起头：老大叫普莱默斯，鹰钩鼻，灰眼睛，褐色的络腮胡子已经染霜，一脸期待；老三叫忒休斯，金红的胡子，茶褐色的眼珠，看上去心思缜密；老七叫赛普蒂默斯，脸上刚生出黑胡茬儿，个头高高的，长得有些像乌鸦，空洞茫然的表情一如以往。

“普莱默斯，你到窗边去。”

老大大步迈向石墙上开着的洞，眺望窗外。

“你看到了什么？”

“我没看到什么，陛下，只有头顶的夜空和下方的云层。”

裹着野熊皮大衣的老人打了个哆嗦。

“忒休斯，你也去窗边看看。你看到了什么？”

“什么都没有，父亲。就如普莱默斯所说，夜空高悬头顶，呈瘀青色，乌云覆盖了下界，正不停翻腾。”

老人的眼珠骨碌碌地疯转着，就同落网的鸟一样：“赛普蒂默斯，你，窗边。”

老七信步走到窗口，站在两位兄长身边，但没凑太近。

“你呢？你瞧见了什么？”

他望向窗外，凛冽的风刮过他的脸，刺得他眼睛生疼，流出泪来。靛蓝的夜空中，一颗星星闪烁了一下。

“我看到一颗星星，父亲。”

“啊，”第八十一任领主气喘吁吁地说，“扶我去窗边。”三个活着的儿子把他搀到窗边，四个死去的儿子则忧伤地瞅着他。老人站定，或者说勉强立住，靠在孩子们宽阔的肩膀上，凝望着铅灰色的天空。

他骨节肿胀的手指宛如枯枝，摸索着脖子上那条沉重银链上的黄玉。链子在他的力拽下像蛛网一样断开。他把黄玉攥在拳心，裂开的银链头摇来荡去。

风暴堡死去的勋爵们在窃窃私语，听着像飘雪的沙沙声：黄玉是风暴堡的力量之源，但凡拥有风暴堡的血统，谁佩戴上谁就是风暴堡的统治者。第八十一任领主会把黄玉传给谁呢？

活着的儿子们一言不发，神情分别是期待、警惕和空洞（这种空洞相当迷惑人，就像一块看似毫不出奇的岩石，当你爬到一半时，才发现上无落脚之处，下无退路）。

老人挣脱搀扶，挺身站起来。只要他的心脏还在跳动，他就是风暴堡的领主。他曾在崖地角战役中击败了北界地精；他与三位妻子生下八个孩子，其中七个是男孩；还不足二十岁时，他就在格斗中依次干掉了四个兄弟，其中大哥的年纪足有他的五倍大，还是个声名显赫的猛将。就是这个男人，他高举黄玉，念了四个失落的字眼。声音如铜锣声回荡，在空气中弥久不散。

他将玉石掷入高空。玉石在云中划过一道弧，活着的儿子个个屏息敛气，拿准了抛物线顶点的位置。离奇的是，飞到顶点后黄玉并没有下落，而是继续飞升。

夜空已是群星闪耀。

“玉石是风暴堡的力量之源，凡若取回玉石者，就会得到我的祝福，还有风暴堡及其领地的统治权。”第八十一任领主的声音越来越微弱，再次变为垂暮老人的喑哑之音，犹如一阵吹过弃屋的风。

所有的兄弟无论死活，都定睛追随着黄玉，见它飞向天际，直至消失不见。

“难道我们得抓几只雄鹰，套上挽具，好把我们拉上天？”老三一脸困惑与为难。

老人一声不吭。随着最后一缕日光消散，高悬在头顶的群星璀璨夺目。

一颗流星划过夜空。

老三觉得那可能是第一颗晚星，就是老七提到过的那颗。

星星颤动着坠落，在夜空中划出一道光迹，掉落在西南方。

“就这样。”第八十一任领主低声说罢，跌倒在石地板上，断了气。

老大抓了抓络腮胡，看着瘫软在地的尸身：“我有点想把这老不死的尸体给推下窗。干吗净说些蠢话？”

“最好别，”老三说，“我们可不想看到风暴堡崩塌，也不想诅咒临头，还是把他安放到宗庙吧。”

老大抬起父亲的尸体，放回铺着毛皮的床上：“我们得告诉百姓他死了。”

那四个死去的兄弟聚在窗边的老七身旁。

“你猜他在想什么？”老五问老六。

“他在琢磨星星的落点，想着该如何先下手为强。”老六回想起自己跌下悬崖、与世长辞的过往。

“我恨不得他这样呢。”已故的第八十一任领主对四个死了的儿子说，可他那在世的三个儿子什么都听不到。

☆

像“仙国有多大”之类的问题，很难一语道破。

再怎么说，仙国不是一片大陆、一个公国或一块领地，它的地图不准确，甚至不可靠。

我们能像谈论英格兰国王和女王那样谈起仙国的国王和女王。但仙国可比英国大多了，它比这个世界还要大（自混沌初开，那些因探险家或勇士寻访不到而从地图上被抹去的土地，其实都被仙国容纳了。所以说，截至我们写下这则故事，仙国已然广袤无边，各类地貌景观无所不包）。这儿，不瞒你说，真的有龙，还有狮鹫、翼龙、鹰马、蜥怪[1]和九头蛇[2]。这儿也有各种常见的动物，可爱或冷漠的猫，忠诚或胆小的狗，还有狼、狐狸、老鹰和熊。

在一片浓密幽深得堪比森林的林地中，有栋阴森森的小房子，搭着茅草屋顶，糊着灰色黏土。屋外挂着个鸟笼，笼中有只小黄鸟立在栖木上，哀无声息，羽毛蓬乱而暗淡。小屋有一扇门，掉色的白漆片片剥落。

屋内只有一间屋，没有分隔。房椽上吊着熏肉、香肠和一具干瘪的鳄鱼尸体。一面墙上开了个壁炉，烧着泥炭，烟雾从上方烟囱飘散出去。三块毛毯铺在三张垫高的床上——一张又大又旧，另两张比装脚轮的矮床还要小。

屋里另一角摆着炊具和一个大木笼，这会儿是空的。窗户沾满污垢，脏得看不清外头。所有东西都蒙着厚厚一层油污。

1 蜥怪：*Basilisk*，古代传说中的怪物，目光或气息能致人死亡。
2 九头蛇：*Hydra*，希腊神话中的九头怪物，每砍去一个头即能长出新头，后为大力神赫拉克勒斯所杀。

屋里唯一干净的东西是靠在墙上的一面黑色玻璃镜，跟高大男人一般高，同教堂大门一般宽。

茅屋属于三个老太婆。她们轮流睡大床，做晚饭，在树林里设陷阱抓捕小动物，从屋后的深井里打水。

她们仨话很少。

小屋里还有三个女人。她们身材苗条，皮肤黝黑，心情一向愉悦。她们居住的宅邸是茅屋的几倍大，有着彩纹玛瑙地板、黑曜石房梁，宅邸后方还有个露天庭院，群星高悬夜空。庭院里设有一个喷泉，是一座神情陶醉的美人鱼雕像。黑色的清泉从她张开的口中汩汩涌出，流入下方的水池，水面上星光点点。

宅邸和这三个女人都在黑镜里。

三个老妇人是巫后莉莉姆[1]，她们孤零零地生活在树林里。

镜子里那三个女人也是莉莉姆：她们是这三个老太婆的继任者吗？还是镜中幻影？也许唯有乡间茅屋才是真的，也有可能在某个角落，有那么间黑色宅邸，院子里的美人鱼喷泉正与满院星光嬉戏。除了那些莉莉姆，谁也说不准。

这天，一个丑老太婆从树林归来，带回一只喉头有块红斑的白鼬。

---

1 莉莉姆：*Lilim*，莉莉丝与撒旦之子。莉莉丝是上帝为亚当所造的第一任妻子，后因不满亚当一怒之下离开伊甸园，遇上魔王撒旦，与其生下许多统称为莉莉姆的小恶魔。

她把白鼬摆在脏兮兮的砧板上，取来一把锋利的刀，沿着四肢和喉咙切开，接着用污秽的手撕下整张兽皮，就像给小孩脱睡衣似的。她把赤条条的东西甩在木砧板上。

“开膛？”她颤声抖气地问。

最矮小、最年老、头发也最乱的莉莉姆坐在摇椅里前摇后荡，说：“开吧。”

那老妪提起白鼬的头，从脖颈一刀划至腹股沟。内脏滚落出来，红的、紫的、青紫的肠子和要害器官就像湿漉漉的宝石，铺散在蒙灰的木砧板上。

老太婆尖声嚷嚷：“快来！快来！”她用刀轻轻把白鼬的五脏六腑拢到一块，又叫嚷了一回。

摇椅里的丑老妪站起身来（镜子里，一个黑皮肤女郎伸了个懒腰，也从沙发床上站了起来）。最后那个老妪从屋外的树林小跑而归。

“怎么了？”她问，“发生什么了？”

（镜子里，第三个年轻女郎凑到另外两人身边。她的胸部小巧高耸，眼睛乌溜溜的。）

“看。”头一个老妪用刀尖示意。

她们的眼睛如垂暮老者般灰暗无神，微微眯起，瞅着木砧板上的脏器。

“终于……”一人开了口。

“也是时候了。”另一人说道。

“那么，我们当中，由谁去找呢？”第三个人问道。

三个老太婆闭上眼，三只皱巴巴的手同时伸入砧板上的白鼬内脏。

一人打开手。“我拿到了肾。”

“我拿到了肝。”

第三只手张开了，年纪最大的莉莉姆得意地说：“我拿到了心脏。”

“你怎么走呢？”

“乘咱的旧马车，拉车的牲畜我到路口去找。”

“你需要好些青春年月。”

最老的莉莉姆点点头。

年纪最小的，也就是刚从外头回来的那个莉莉姆，颤巍巍地走到一个摇摇欲坠的高柜前，弯下身，从底柜里拿出一个锈迹斑斑的铁盒，递给她的姐姐们。铁盒上系着三根旧绳，打着不同的绳结。三个莉莉姆解开各自那个结，取出盒子的莉莉姆打开盒盖。

盒底有金灿灿的东西。

“没剩多少了。”年纪最小的莉莉姆长叹一声。当她们居住的树林还沉在海底时，她就已经老态龙钟了。

“那么，我们刚找到一新的，岂不是好事吗？”最老的莉莉姆酸溜溜地说。她张开鸡爪般的手插进盒子，金芒拼命闪躲，可她还是抓住了扭动的金色光团，张开嘴一口吞下。

（镜子里，三个女人在往外看。）

万物中心先是一颤，再是一震。

（这时，黑镜中有两个女人望着外头。）

茅屋里，两个老婆子盯着一个黑发黑眼、唇色殷红的高挑美女，脸上半是艳羡半是憧憬。

“哎哟，这地方真恶心。”她迈向床边的大木橱，上头盖着褪色的织锦花布。她抽掉花布，拉出柜子开始翻找。

“找到啦。”她举起一条艳红的长裙，扔到床上，连忙脱下那身老太婆穿的破衣烂衫。

两个妹妹贪婪地盯着她的裸体。

“等我捎回她的心后，咱们每人都会有绰绰有余的青春年月。”她一边说，一边嫌弃地瞧着两人多毛的下巴和凹陷的眼眶。她套上一个鲜红手镯，造型是条小衔尾蛇。

“一颗星星。”她的一个妹妹说。

“一颗星星。”另一个附和道。

“没错。”巫后往头上戴了个银冠，“两百年来的第一颗，我会为大家把它带回来。”

她用深红的舌头舔了舔猩红的嘴唇，说：“一颗坠落的星星。”

☆

湖边的林地入夜了，夜空繁星点点。

榆树、羊齿草、榛树丛的叶片间，萤火虫荧荧闪动，忽明忽灭，宛若远方陌生城市的灯火。一只水獭扑通一声跳入流向池塘的小溪。白鼬一家子摇摇摆摆、歪来扭去地绕到湖边喝水。田鼠觅到一枚掉落的榛子，张开嘴用自己不断生长的锋利前齿啃咬硬壳。这倒不是因为他肚子饿。他是个中了魔法的王子，只有嚼了智慧坚果才能恢复原形。可他有些得意忘形，直到一片阴影遮住月光后，他才意识到来袭的硕大灰鹰。老鹰用利爪逮住他，升上高空。

田鼠松开坚果。坚果顺流而下，被一条鲑鱼一口吞下。老鹰三两口就把田鼠咽下肚，只剩嘴角叼着一条晃荡的鼠尾巴，像根鞋带。有什么东西正抽着鼻子哼哼唧唧地穿过密林——是只獾，老鹰心想（她也中了咒，只有吞下啃食过智慧坚果的田鼠才能变回原样），或是只小熊。

叶子沙沙作响，溪水潺潺流动，一道愈来愈亮的纯洁白光飞空洒下，自上而下照亮了整片林地。猫头鹰看到了水中的倒影，闪耀而刺眼的清光吓得她即刻振翅而飞，飞向森林的别处。野生生灵们惊恐万状地窥伺着。

起初，这道光同月亮一般大，接着越来越大，无限放大，整片树林都在震颤。各路生灵凝神屏气，萤火虫放射出有生以来最亮的光芒，每只都深信这终归是爱，却终为徒劳……

接着——

随着一声尖锐如破空子弹的爆响，笼罩林地的光芒消失了。

或者说，几乎消失了。榛树丛中，一道朦胧的光律动着，像一片隐约的星云。

“哎哟。”响起一个尖细的女声，紧接着悄无声息的一句“该死”，然后又是一声“哎哟”。

她再也没开口，林地一片寂静。

第四章

“我能乘着烛光到那里吗？”

特里斯坦每迈出一步，十月就离他远一些。他宛若步入了夏日，沿着小径前行。穿过林间，一侧是高高的树篱。头顶星光闪烁，明暗交织。秋分时节的满月金灿灿的，恰似熟透的玉米色泽，借着月光，他能看清爬在树篱上的野蔷薇。

困意阵阵来袭，本来他还强打着精神，最终还是脱去外套，放下行李袋（一种大皮袋，不出二十年，会被称作手提旅行包），头枕着袋子，外套盖在身上。

他凝目仰望星空。在他眼里，群星皆是舞者，庄严优雅，上演着变幻无穷的舞蹈。他想象着星星们不变的面容：脸色苍白，温柔地笑着，似乎已看遍下界之人的纷争与苦乐；每每见到一个小人物自以为这就是世界中心（谁不曾自命不凡过呢），她们便不觉莞尔。

特里斯坦沉入梦境。他走进卧室（同时是石墙村小学的教室），切丽太太轻叩黑板让大家保持安静。特里斯坦低头看石板，想知道要上什么课，却读不懂自己写了什么。突然切丽太太（她和自己的母亲竟如此之像，特里斯坦这才惊觉，他竟从没意识到她们是同一个人）点到特里斯坦的名字，叫他当堂背诵英国所有国王和女王的生卒年月……

“不好意思，”耳边传来毛茸茸的低语，“你能梦得安静一点儿吗？你的梦都溢出到我的梦里来了。若真有什么东西令我没辙，那就是日期了。征服者威廉，1066 年，我就知道这么点，我愿用一只跳舞的老鼠同你交换。”

“什么？”

“压下你的梦，”那声音说，“若你不介意的话。”

“抱歉。”说完后，特里斯坦的梦再无色彩。

☆

“吃早饭啦！”耳边一个声音说，“奶油煎蘑菇，配野生大蒜。”

特里斯坦睁开双眼：阳光穿透野蔷薇树篱，在草坪上投射出斑驳的金绿光点。飘来一丝天堂般的味道。

有个锡碗放在他身旁。

“有些寒碜，”那声音说，“乡下人的伙食，和城里人常吃的没法比，但像我这样的人就会珍惜一朵好蘑菇。”

特里斯坦眨巴眼睛，用大拇指和食指从锡碗里捏起一朵大蘑菇，热腾腾的。他咬了一小口，汁水顿时盈满口腔。他从没吃到过这么鲜美可口的食物，细细咀嚼咽下肚后，他如是说。

“你真客气。”坐在小火堆另一边的小东西说，火焰噼啪作响，烟气升腾，散入清晨的空气，“说实话，你太客气了。但你我都心知肚明，这只是油煎野蘑菇罢了，压根算不上什么好东西。”

“还有吗？”特里斯坦这才意识到自己有多饿，有些时候，一丁点食物就能激发你的食欲。

“哦，你还真有派头。”小东西头戴软趴趴的帽子，身着松垮垮的外套，“他问还有吗？好像这是水煮鹌鹑蛋、烟熏瞪羚或松露，而不是口味好似腐烂了一礼拜、连猫都不屑碰的蘑菇。真有派头啊。”

“如果不劳烦，我真的想再吃一个。”特里斯坦说。

小矮人（就当他是人吧，虽说特里斯坦觉得不太像）哀叹了一声，把刀伸进火上嗞嗞作响的平底锅，挑出两朵大蘑菇，拨到特里斯坦的锡碗里。

特里斯坦把蘑菇吹凉，用手抓着吃。

“瞧你那吃相，”小毛人[1]的声音既自得又纳闷，“好像你当

1 原文如此。

真喜欢蘑菇似的，而不是在咀嚼锯屑、苦艾或芸香。”

特里斯坦舔了舔手指，向他的施主保证这是他有幸吃到的最鲜美的蘑菇。

“你眼下是这么说，”他那受赏的施主语带阴郁，“但过一小时你就不会这么说了。就像卖鱼妇与她的年轻儿子无法就一条美人鱼达成共识，没有人会认同你的。从加拉蒙到风暴堡都会风传这事。什么话呀这！听得我耳朵都要发青了，一点儿不假。”小毛人深深叹了口气。“评论完你的品位，我要去那棵树后头方便一下了。你可否帮我看一下包，我会为之深感荣幸、感激不尽。”

“没问题。”特里斯坦礼貌地答应了。

小毛人消失在一棵橡树后头。特里斯坦听到叽里咕噜的声音，接着他的新朋友再度露面，说：“我听说在帕夫拉戈尼亚有个人，每天早晨起床后要生吞一条活蛇。他坚信若是吞了蛇，那么他一整天都不会碰上比这更糟糕的事。结果呢，人们在吊死他前逼他吃下了一整碗长毛的蜈蚣。看来他这主张还有几分根据。”

特里斯坦道了声失陪，到橡树后头小便。树边有一小堆粪便，显然不是人类的排泄物。看上去像鹿的屎粒，或兔子的粪球。

“我叫特里斯坦·索恩。”回来后，特里斯坦做了自我介绍。与他共进早餐的伙伴正在收拾早餐的器具：柴火、平底锅、一堆杂物，一一消失在他的包里。

小毛人脱下帽子，置于胸前，正视着特里斯坦，说：“赐福。”他拍了拍自己的包，上头写着：赐福、入迷、着魔和发癫。“我曾是发癫，”他吐露道，“不过这些事嘛，你懂的。”

他说完便上路了，特里斯坦跟在后面，没过多久便大喊道：“喂！哎！你走慢点好不好？”尽管背着个大包（这让特里斯坦联想到《天路历程》里朝圣者背上的重担，切丽太太每周一早晨都会为大家念这本书。她说这虽出自一位补锅匠之笔，却是部不可多得的佳作），小矮人（赐福？这是他的名字吗？）还是离他越来越远，迅捷得像跃动于林间的松鼠。

小矮人又快步倒回来：“咋啦？”

“我跟不上。”特里斯坦坦诚道，“你走起来快得要命。”

小毛人放慢脚步，特里斯坦踉跄地跟着。“请你原谅，我经常独自赶路，习惯了自己的步调。”

他们肩并肩走着。金绿的阳光穿透舒张的嫩叶，这是特里斯坦所见过的春日独有的晨曦。他们是不是把夏天也像十月那样远远抛在身后了呢？他不时瞧见树梢和叶丛中闪过一抹光彩，小毛人会在一旁解释：“翠鸟，传说中的太平鸟，很可爱；紫蜂鸟，啜饮百花的琼浆蜜露，翱翔者；红额金雀，它们会离你远远的，你也别仔细打量这帮讨厌的家伙，省得自找麻烦。”

他们坐在小溪边吃午饭。特里斯坦拿出母亲给他的乡村面包、熟透的红苹果和又硬又酸又脆的圆奶酪。小矮人虽一脸狐疑地瞅着这些食物，尔后却埋头大吃，狼吞虎咽，把手指上的面包和奶酪碎屑都舔了个干净，还咂巴咂巴地啃着苹果。吃完后，他从溪里汲了一壶水，煮开泡茶。

“你来这儿做什么？”当两人坐在地上饮茶时，小毛人问。

特里斯坦沉吟片刻，才说：“我来自石墙村，那儿有个叫维多利亚的姑娘，她是天底下最漂亮可人的女孩。为了她，只为了她，我献出了自己的心。她的脸蛋——”

“五官俱全吗？”小矮人问，“眼睛？鼻子？牙齿？都和普通人没两样？”

“当然。”

“那你就跳过这段吧，权当讲过了。所以说，这位年轻小姐差遣你来干什么蠢事？”

特里斯坦放下木茶杯，猛地站起身，气不打一处来。

“呵，”他用居高临下的鄙夷语气问，“你为何认为我的恋人会打发我来干蠢事？”

小矮人盯着他，眼睛像黑玉珠子：“唯有这个原因，才会让你这样的小伙子穿越边界进入仙国。会从你们那儿过来的只有吟游诗人、恋人和疯子。你一点儿都不像个吟游诗人，况且，恕我直言，你就像奶酪碎屑那样毫不起眼。所以要我说，你是为爱而来的。”

“那是因为——”特里斯坦宣称，“每个恋人情感上都是个疯子，思想上都是个吟游诗人。”

“真的吗？”小矮人半信半疑，“我倒从没注意过。她是让你来这里寻找财富吗？这曾经可是狂热一时啊。年轻人们走南闯北，搜刮那些可怜的巨人或食人魔花了好几个世纪积累的黄金宝藏。”

“不，我不是来寻宝的，是出于我对她的一个承诺。那会儿我……我们正在谈天说地，我向她许下了许多诺言。这时一颗流星划过天际，我便答应为她带回来。星星落在——”他抬起胳膊指向一座山脉，大概是日出的方向，“那儿。”

小毛人挠了挠下巴，或口鼻，那部位也许是他的口鼻：“你知道我会怎么做吗？”

“不知道。”特里斯坦心中浮起一丝希望，“怎么做？”

小矮人擦擦鼻子：“我会叫她把头塞进猪圈，接着扬长而去。找一个不向你索要整个世界就愿意吻你的人。你准能找到。若朝你来的地方往回扔半块砖，不可能一个都砸不中。”

“我非她莫属。”特里斯坦信誓旦旦。

小矮人不以为然地撇撇嘴，两人打包好行装一同上路。

“你不是开玩笑吧？”小矮人问，“关于那颗坠落的星星。”

“不是。”

“好吧，我要是你，我就绝不会提这茬。有些家伙对这些个消息不怀好意。你最好闭口不谈，但绝不要撒谎。”

“那我该怎么说？”

“这个嘛……比方说，如果有人问你从哪儿来，你不妨说‘从后头来’；如果问你要往哪儿去，你就说‘往前方去’。”

“我明白了。”

前方的路越来越难辨认。寒风吹乱了特里斯坦的头发，他打了个哆嗦。沿着路，他们走进一片稀稀拉拉的白桦林。

“你觉得路还远吗？”特里斯坦问，“到星星那儿。”

“到巴比伦有几里？”小矮人煞有介事地说，“我上次经过，这片林子还不在呢。”

“到巴比伦有几里。”他们穿过灰白的林木，特里斯坦喃喃自语。

三个二十里加十里。

我能乘着烛光到那儿吗？

当然，到了再回都可以。

若你的脚步够轻盈，

那就能，乘着烛光到那里。

“就是这个。”小毛人摇头晃脑，像是在忧虑或忐忑。

“这不过是首童谣。”

“不过是首童谣？饶了我吧！在墙这头，可有人愿意为这么条小咒语干上七年苦工呢。在你的家乡，你们就直接在孩子耳边念叨‘摇啊摇’或‘咚咚啪’[1]，都不过过脑子……你冷吗，老弟？”

“听你这么一说，倒还真有点冷。”

“看看四周，你看得到路吗？”

特里斯坦眨了眨眼。灰白的树木吸收了光、色彩和距离。他们本该走在小路上，可当他使劲瞧，小径却闪烁不定，随即消失不见了，就像幻觉一样。他在沿途的这棵树、那棵树及石头上都留了记号——可路不知去哪儿了，唯有黑暗、暮光和灰白的树林。“这下我们惨了。”小毛人轻声嘀咕。

“要赶紧跑吗？”特里斯坦摘下圆顶礼帽，挡在胸前。

小矮人摇摇头：“跑也没用。我们落入陷阱了，再怎么跑都出不去的。”

他走向最近一棵高大、灰白、形似白桦的树，冲树干狠狠踹了一脚。几片干枯的叶子纷扬四散，一个白花花的东西滚落在地，伴随一声干涩的低响。

特里斯坦走近低头一看，是一具鸟的骨架，洁白而干燥。

小矮人浑身一哆嗦。“我可以防守，可这鬼地方防不胜防，

1“到巴比伦有几里？”（*How many miles to Babylon?*）、“摇啊摇”（*Rock-a-Bye-Baby*）、“咚咚啪”（*Rub-a-Dub-Dub*）均出自英国民间童谣集《鹅妈妈童谣》（*Mother Goose*）。一反人们对童谣温馨与童趣的印象，该童谣集包含许多血腥、残酷的句子，是因当时黑暗的时代背景所致。

还不如……可依这家伙的模样，看来我们是插翅也难飞了。”他用状似爪子的脚轻轻踢开骨骸，“而且你们这些人铁定学不会掘地钻洞，虽说这也不顶用……”

“也许我们能武装迎敌。”特里斯坦说。

“武装？”

“趁他们还没到。”

“趁他们还没到？哈？他们就在这儿呀，你个呆瓜，就是这些树呀。我们陷在一片枯树林里。”

“枯树林？”

“都怪我大意了，我该好好看着路的。现在你永远找不到你的星星，我也永远别想拿到我的货了。有朝一日，若有个苦命的流浪汉迷失在这片树林里，就会发现咱俩一干二净的骨架，准会那样。”

特里斯坦定定地看着他。昏暗之中，树木似乎凑得更紧了，尽管他并未看见任何东西移动。他觉得小矮人是在犯傻，或在神游。

什么东西刺了他的左手，他一巴掌扇过去，本以为会是只小虫，低头却见一片枯黄的叶子。叶子哗啦一声飘落在地。他的手背浮起一道血痕，殷红的血渗了出来。树林飒飒有声。

“有什么应对之策吗？”

“我无能为力。要是我们能找回真正的那条路就好了，就算是枯树林，也无法毁掉真正的路。它不过使了障眼法，引我们误入歧途罢了……”小矮人耸耸肩，叹了口气。

特里斯坦伸手揉了揉前额。“我……我倒是知道路在哪儿。”他指了个方向，“就在那边。”

小矮人乌溜溜的眼珠顿时一亮：“真的吗？”

“当然。穿过那片矮树林，再往右走上一小段，就是那条小路了。”

“你是怎么知道的？”

“我就是知道。”

“好，走吧！”小矮人抓起行囊就跑，但放缓了速度，好让特里斯坦跟上。特里斯坦的皮袋不停晃荡，老撞他腿上。他的心扑通扑通跳个不停，气也喘得慌。

“不！不是那条路。左边！”特里斯坦高喊。树枝和荆棘扯裂了他的衣服。两人一言不发地往前飞奔。

树木像是径自移成了一堵墙。叶子如阵雨般簌簌下落，一碰到特里斯坦的皮肤就狠狠叮咬，还在他的衣服上划出一道道大口子。他攀上小山坡，用空出的手掸掉叶片，另一只手抓着行李袋拍打枝条和丫杈。

一声号叫打破了沉寂。是那个小毛人，他突然停下脚步站定，昂起头来仰天长啸。

“加把劲，就快到了。”特里斯坦伸出大手，攥紧小毛人没拿包的小手，拉着他前行。

不一会儿，他们回到了真正的路上：一条狭长的翠绿草皮从灰树林里冒了出来。“我们脱险了吧？”特里斯坦大口喘气，心有余悸地四处张望。

“只要踏上真正的路，我们就安全了。”小毛人放下包袱，坐在草坪上，瞅着四周的树。

尽管没有风，灰白的树木却犹自颤动，特里斯坦觉得它们正气得发抖。

他的伙伴抖个不停，毛茸茸的手指摩挲着绿草坪。他抬眸望着特里斯坦：“我想你不会随身带着一瓶提神醒脑的饮料的吧？或者一壶热乎乎的甜茶？”

“不，恐怕没有。”

小矮人抽了抽鼻子，摆弄起他那大包袱上的锁来。“背过身去，”他对特里斯坦说，“不许偷看。”

特里斯坦转过身。

一阵稀里哗啦的翻找声后，那把锁啪的一下又锁上了。“你可以转回来了。”小矮人正端着一个珐琅瓶在起瓶塞，可怎么都拔不出来。

“呃，你不介意我帮你一把吗？”特里斯坦希望这不会触犯到小毛人。他倒是多虑了，他的伙伴毫不客气地把瓶子塞进了他手里。

“交给你了，你那手指正适合开瓶。”

特里斯坦使劲一拽，拔出了瓶塞。醉人的气味飘散出来，像是混合了蜂蜜、熏木与丁香的气味。他把瓶子递还给小矮人。

“喝下从这个瓶里倒出的稀世珍品，真是种罪过啊。”小毛人解开腰带上的小木杯，颤着手倒入少量琥珀色的液体。他闻了闻，呷了一口，然后咧嘴一笑，露出小小的尖牙。

“啊——好受多了。”

他把杯子递给特里斯坦。

“要慢慢地品。这么一瓶可值一个国王的身价呢。它可花了我两颗大蓝白钻、一只会唱歌的机械知更鸟和一片龙鳞呢。”

特里斯坦抿了一口，感觉从心窝暖到了脚指头，脑中满是小泡泡，飘飘然的。

“不错吧？”

特里斯坦连连点头。

“对你我来说，这可算得上是不可多得的可以消愁解忧的好东西啊。我们先离开这片树林吧。”小毛人说，“往哪儿走，嗯？”

“那边。”特里斯坦往左一指。

小毛人塞好瓶子放进口袋，肩扛行李袋。两人一同顺着绿色小径穿越灰树林。

几小时后，白色树木逐渐稀疏。他们穿过了枯树林，沿着高高的堤岸，走在两道粗糙的矮石墙间。当特里斯坦回头看时，哪还有树木的影子呀！极目尽是开满紫色石楠花的小山丘。

“我们可以在这儿歇歇脚，”他的同伴说，“有些事情我们得谈谈。坐下吧。”

他放下硕大无比的包，爬到上头，俯视着坐在路边石头上的特里斯坦：“有些事我还没弄明白。告诉我，你来自哪里？”

“石墙村，我和你说过。”

“你的父母是谁？”

“我父亲叫邓斯坦·索恩，母亲叫黛西·索恩。”

“嗯，邓斯坦·索恩……哦，我与他有过一面之缘，他让我留宿了一晚。不错的家伙，尽管那时他困得要死，也没冲我撒气。”他挠了挠口鼻，“这还是没能解释什么……你家还有什么不寻常的事吗？”

“我的妹妹路易莎，她的耳朵会扭。”

小毛人不屑地扭了扭自己毛茸茸的大耳朵：“这算得了什么。我想问的是，你的族谱中有没有过哪位祖母是个有名的女巫，或哪位叔叔是个杰出的术士，或出过一两个精灵。”

“这我一无所知。”特里斯坦实话实说。

小矮人换了个思路。“石墙村在哪儿？”特里斯坦抬手一指。“争执之丘在哪儿？”他毫不犹豫地指向另一个方向。“卡达瓦利安群岛呢？”他指向西南方。之前他从没听说过争执之丘或卡达瓦利安群岛，此时此刻却对它们的位置了然于心，熟悉得好似知晓自己的左脚在哪儿、鼻子在哪儿一样。

“嗯。那么，你知道伟大的雄化母牛穆斯克西在哪儿吗？”

特里斯坦摇摇头。

“你知道伟大的雄化母牛穆斯克西的透光城堡在哪儿吗？”

特里斯坦很有把握地一指。

“那巴黎呢？在法国的那个？”

特里斯坦思索片刻：“这个嘛，石墙村在那边，我想巴黎也一定在差不多的方位，没错吧？”

“这么说来，”小毛人半是自语，半对特里斯坦说，“你知道仙国的各个地方，却不晓凡间，除了石墙村，那是个分界线。你找不到人在哪儿，可又……告诉我，小伙子，你知道那颗星星在哪里吗？”

特里斯坦立刻伸手一指：“那边。”

“嗯，很好，可这还是没能说明什么。你肚子饿了吗？”

“有点。我的皮肤还刮伤了。”特里斯坦摸着裤子和外套上东一个西一个的大洞，这些都是飞奔时被荆棘钩住或被叶片割裂的，“再瞧瞧我的靴子……”

“你的袋子里有什么？”

特里斯坦打开行李袋：“苹果、奶酪、半块乡村面包和一罐鱼酱，我的小折刀，还有一套换洗内衣和两双羊毛短袜。早知道我该多带点衣物的。”

“鱼酱你自个儿留着。”他的旅伴一边说，一边迅速将剩余的食物匀成两份。

“你真是帮了我的大忙。”小矮人嚼着爽脆的苹果，“比番恩情我永生难忘。接下来，我们得先解决你的衣物问题，再送你上路去追寻星星，好吧？”

“你实在是太客气了。”特里斯坦局促地说，一边削下一片奶酪放到面包皮上。

“好啦，我得先给你弄条毛毯。”

☆

破晓时分，风暴堡的三位勋爵乘坐一辆六匹黑马拉着的大马车，驶下崎岖不平的山路。马身上装饰着飘扬的黑色羽毛，车身刚刷上黑漆，每位勋爵都身着丧服。

拿老大来说，他穿着僧侣式的黑长袍；老三衣衫朴素，一身生意人服丧时的着装；老七则身穿黑色紧身衣裤，黑帽上插了根黑色羽毛，怎么看都像个二三流伊丽莎白历史剧里的轻浮刺客。

风暴堡的勋爵们相互打量，一个谨慎，一个防备，一个茫然。没一人发话：他们也许能结成同盟，老三可能会联合老大对付老七，但不会有永久的联盟。

马车咔嗒作响，晃荡个不停。

马车停过一次，好让三人松松筋骨，接着又嗒嗒驶下山路。三位勋爵一同把父亲的遗体运入宗庙。死去的兄弟一直站在宗庙的门洞外头瞧着他们，可谁都一言不发。

向晚时分，车夫一边高喊“诺特威！”一边在一栋破败不堪的客栈外勒住缰绳，客栈紧邻恰似巨人农舍的废墟。

三位勋爵下了马车，活动僵硬的双腿。透过客栈的玻璃窗，几张脸正细细打量着他们。

客栈主人是个脾气暴躁的矮人，他朝外头望了望，大喊道：“我们得备几张干爽的床铺，还要在火上炖一锅羊肉。”

“要烘热几张床？”女侍莱蒂夏站在楼梯间问。

“三张。”矮人说，“我打赌他们会让马夫和马睡一起。”

“三张哪。”厨娘迪丽对马夫雷西说，“任谁都看得见，路上总共站着七位高贵的绅士。”

可进来的只有三位风暴堡勋爵，他们称马夫会睡在马厩里。

晚饭是炖羊肉和新鲜出炉的热面包，掰开时还冒着热气，每位勋爵各自取了一瓶未开封的上等勃艮第红酒（他们死都不肯共享一瓶酒，甚至不许他人把酒倒入高脚杯）。这让矮人大为不解，在他看来——当然这话不会让客人们听到，应该让红酒自由自在地呼吸。

马夫吃完自己碗里的炖肉，喝了两壶麦酒，就回马厩睡觉去了。三兄弟各自回房，插上门闩。

当女侍莱蒂夏给老三送来暖床的长柄炭炉时，他悄悄塞给她一枚银币。因而午夜时分敲门声响起时，他一点儿都不惊讶。

莱蒂夏披着薄薄一层白色睡裙，在他开门时行了个屈膝礼，含羞一笑，手中抱着一瓶红酒。

老三锁上门，领她到床边，命她脱下睡裙，在烛光下凝视着她的脸蛋与娇躯。他一路向下，亲吻她的额头、嘴唇、乳头、肚脐和脚趾，接着吹熄蜡烛，在苍白的月光下与她默默做爱。

没过多久，他喟叹了一声，停下不动了。

“亲爱的，刚才不错吧？”莱蒂夏问。

“确实，”老三语气戒备，像是怕她话中有圈套，“很不错。”

“在我离开前，你想再来一次吗？”

老三指了指腿间，作为回应。

“我们能让它一眨眼就挺立起来。”莱蒂夏咯咯直笑。那瓶由她带来的红酒正放在床边，她拔出软木塞，把酒递给老三。

老三冲她咧嘴一笑，咕嘟咕嘟吞下几口红酒，把她拉到身前。

“我打赌酒的味道一定不错。”莱蒂夏说，“亲爱的，这回让你见识下我的技巧……天啊，怎么回事？”老三在床上前仰后翻，双目瞪得老大，呼吸异常急促。

“那瓶红酒，”他憋出几个字来，“你从哪儿弄来的？”

"从你兄弟那儿。我在楼梯上遇见他，他告诉我这是滋补壮阳的好东西，会给我们一个永生难忘的夜晚。"

"还真是……"老三吃力地喘息，抽搐了一下，两下，三下，不动弹了，再也没动静了。

他听到了莱蒂夏的尖叫，仿佛从很远很远的地方飘来。他察觉到四个熟悉的身影，与他一同立在墙边的阴影里。

"她真是个尤物。"老二压低了声音，莱蒂夏还以为是窗帘在作响。

"老七最鬼了。"老五说，"上回他神不知鬼不觉把毒浆果下入我盘里的鳗鱼，与今儿这招如出一辙。"莱蒂夏像是听见疾风在山岭间呼啸。

她推开门，门外是被她的尖叫声吵醒的大伙儿。大家把客栈搜了个遍，可到处都不见老七，马厩里也少了匹黑色公马。马夫正呼呼大睡，怎么都摇不醒。

老大第二天一早醒来时，心情糟糕至极。

他否决了处死莱蒂夏的提议，说她也和老三一样，是老七阴谋的受害者，但吩咐她将老三的尸体护送回风暴堡。

他留给莱蒂夏一匹黑马驮尸体，还给了她一袋银币，足够她雇一个诺特威村民一同上路，以确保没有狼群把马或他弟弟的尸体叼走。他又等马夫醒来，结清了酬劳。

打理完一切后，老大独自驾着一辆由四匹公马所拉的马车，离开了诺特威村，心情比来之前坏了数倍不止。

☆

布莱威斯攥着缰绳停在路口，牵着一只有须、带角、目露凶光的公山羊，他要把山羊拉到集市上卖掉。

这天早上，妈妈在他面前的餐桌上放了一小根红萝卜，对他说："儿子呀，今天我只从田里挖出了这么根小萝卜。我们的地里没一点儿收成，粮食也吃光了，除了公山羊，也没东西可卖了。所以呢，我要你把山羊牵到集市上，卖给农夫，用换来的钱——记住，卖价怎么说也至少得一个弗罗林——买一只母鸡，再买一些玉米和白萝卜，这样我们还不至于饿死。"

布莱威斯咽下小红萝卜，萝卜硬得像木柴，辣得舌头直发麻。整整一早上，他都在羊圈里追赶山羊，肋部添了块瘀青，大腿还被咬了一口，终于在一个过路补锅匠的协助下制服了山羊，并给它套上绳索。他托母亲为补锅匠包扎拜山羊所赐的伤口，自己则拉着山羊往集市走去。

有时山羊会蹿到前头，布莱威斯就被山羊倒拖着，靴子的后跟一路碾过干泥地，嘎吱作响。有时山羊又会猝不及防地停下来，毫无预兆。布莱威斯只得强打精神站起身，拽着这头畜生继续前行。

他来到了林地边的交叉路口，汗流浃背，饥肠辘辘，浑身青一块紫一块，还拉着头拒不配合的山羊。路口站着个高挑的女人，一头乌发，绯红的头饰上别了个银冠，红裙同红唇一样鲜亮。

“小伙子，怎么称呼？”女人的嗓音宛如散发麝香味的棕色蜂蜜。

“别人都管我叫布莱威斯，夫人。”布莱威斯注意到女人身后有个奇怪的东西，那是辆轻便的双轮车，可车辕间没缚上任何牲口。他挺纳闷，双轮车是怎么来这里的？

“布莱威斯，”她轻喃道，“真是个好名字。你愿意把你的山羊卖给我吗，小布莱威斯？”

布莱威斯有些迟疑：“我妈交代我把山羊带到集市上卖掉，用卖得的钱买一只母鸡、一些玉米和白萝卜，再把找零带回家。”

“这头山羊，你妈叫你卖多少钱？”红裙女人问。

“不少于一个弗罗林。”

女人笑着伸出一只手，掌心有个金灿灿的东西：“那么，我愿意出一个金几尼，够你买上一笼母鸡和几百蒲式耳[1]的白萝卜。”

男孩张口结舌。

“成交？”女人问。

“给你。”男孩点点头，递出拴着公山羊的绳索。他说不出

---

1 蒲式耳：*Bushel*，谷物、水果、液体的英式容量单位，相当于 *8* 加仑或 *36.37* 升。

别的话来，眼前只有滚滚而来的财富和数不清的白萝卜。

女人接过绳子，用手指轻轻碰了下山羊的前额，就点在两只黄眼睛之间，然后松开了绳索。

布莱威斯本以为山羊会撒腿就跑，冲进树林或顺路而下，可它却呆呆地僵立在原地。布莱威斯摊开手接过金几尼。

女人的目光转向他，从泥泞的脚后跟扫到汗淋淋的短发，再度微微一笑。

“你知道，成双成对总比孤苦伶仃来得令人难忘，是吧？”

布莱威斯没听明白，正想开口问个究竟。可说时迟那时快，女人抬起纤长的手指，轻轻碰触了他的鼻梁，他发觉自己发不出声了。

女人打了个响指，布莱威斯和公羊连忙站到马车的套具里，布莱威斯惊觉自己竟迈着四条腿，身材似乎也不比身旁的动物高。

巫后抽响长鞭，一对白胡子公山羊拉着马车，沿着泥路颠簸而去。

☆

小毛人拿着特里斯坦破烂不堪的外套、裤子和背心，走进一个坐落在峡谷里的小村庄，环绕峡谷的三座山开满了石楠花。

特里斯坦留在原地，裹着毛毯，在温暖的夜色中等待。

身后的山楂丛里有光亮闪动。他以为是萤火虫之类的昆虫，可凑近一看，却发现是一些小人。他们亮晶晶的，正在树枝间轻快地飞掠。

他礼貌地轻咳一声。二十来道目光齐刷刷地落在他身上。一些小人隐去身形，一些退进了山楂丛，也有一些胆子大一点儿的，扑闪着双翼朝他飞来。

他们发出银铃般的清脆笑声，对特里斯坦指指点点，嘲笑他的破靴子、烂毯子、内衣和礼帽。特里斯坦用毛毯紧紧裹住身子，脸羞得通红。

一个小人唱道：

傻呀傻乎乎
男孩裹着小毛毯
没头没脑上了路
想要找星星

想都不用想
仙国漫漫旅途中
剥去你的小毛毯
便知你是谁

另一个小人唱道：

特里斯坦·索恩
特里斯坦·索恩
不知自己为何降生
许下愚蠢的誓言
呢绒裤、外套、衬衫全都破光光
只得无依无靠地坐在这儿
即将面对心上人的嘲讽
威斯坦
毕斯坦
特里斯坦
索恩

“滚开，你们这帮蠢东西。”特里斯坦脸烧得厉害，因手里没东西可扔，他只好把礼帽朝他们丢去。

因此，当小毛人从快活村（没有在世的人知道村名的由来，因为那是个幽怨之地，早已被遗忘多时）回来后，见到山楂丛边苦着脸的特里斯坦。他裹着毛毯，正为丢掉的帽子而伤心。

“他们对我的真爱——维多利亚·弗瑞斯特恶语相向，他们怎么敢说出口？”

“这些小东西什么都敢说，有时满口胡言，可有时也一针见血。当你遇险时，你可能会听他们的话，也可能会直接忽视他们的话。”

“他们说我即将面对心上人的嘲讽。”

“他们真这么说？”小毛人在草坪上摊开各式各样的衣服。就算在月光下，特里斯坦也能看出这些衣服和自己早上脱掉的那些完全不一样。

在石墙村，男人穿棕色、灰色和黑色，就算是面色最红润的农夫脖颈上最鲜红的领巾，也很快会在日晒雨淋下褪色，变得更为素淡。特里斯坦看着亮红、鲜黄、赤褐的布料，像是江湖艺人的装束，或是表妹琼的字谜盒里花花绿绿的东西，问：“我的衣服呢？”

“现在这些就是你的衣服啦。”小毛人自豪地说，“我拿你的旧衣服换来的。这些个料子质地更好——瞧，不易开裂不易破损，结实耐用。除此之外，穿上后你也不会像个外乡人那样惹眼啦。这儿的人都这么穿。”

特里斯坦本打算裹着毛毯继续上路，就像个从课本里跑出来的土著。他叹了口气，脱下靴子，任毛毯滑落在地，接着在小毛人的指示下（“不，不对，老弟，这个要穿外面。哎哟喂，这年头大人都教了小孩些什么呀”），很快换上了新衣。

新靴子比旧的还要合脚。

这几套新衣裳的确工艺上乘。虽然俗话说，锦衣成就不了能人，华羽成就不了好鸟，可衣服有时真能给人增色不少。一身亮红和鲜黄的特里斯坦，和身着大衣或礼拜日西服的他截然不同。他昂首阔步，举止大气，一时间已判若两人。他扬起低垂的下巴，眼中闪烁着戴礼帽时从未有过的光芒。

他们享用起小毛人从快活村带回的食物——烟熏鲑鱼、一碗新鲜的去壳豌豆、几块葡萄干蛋糕和一小瓶啤酒。这时，特里斯坦已对新衣裳相当自在了。

小毛人说："听我说，老弟。你刚才在枯树林救了我的命，你父亲在你出生前也对我有恩，别说我是个不知感恩的家伙了……"

特里斯坦吞吞吐吐，想告诉他的伙伴他已帮了自己太多，可小毛人没理他，自顾自往下说："我一直在琢磨，你知道星星在哪儿，对吧？"

特里斯坦不假思索，对着黑暗的地平线一指。

"那么，这儿离你的星星有多远？"

在此之前，特里斯坦从没想过这个问题，可他脱口而出："一个人若是步行，穿越险峻的高山和灼热的沙漠，当中只停下来睡觉，那么在他抵达星星的落点前，头顶的月亮会盈亏六次。"

这压根不像是他会说的话，他吃惊地眨了眨眼。

"正如我所想。"小毛人凑近自己的包，弯腰挡住特里斯坦的视线，把锁解开，“而且在找星星的似乎不止你一个。你记得我和你说过什么吗？”

“让我挖个洞好埋掉粪便？”

“不是。”

“叫我别透露自己的真名和目的地？”

“也不是。”

“那是什么？”

“到巴比伦有几里？”小毛人又说道。

“对，就是那个。”

“我能乘着烛光到那儿吗？当然，到了再回都可以。我想，只能是蜡做的蜡烛，大部分‘蜡’烛都不管用。找这个可费了我好一番工夫。”他挖出一个海棠果大小的蜡烛头，递给特里斯坦。

特里斯坦看不出这段蜡烛头有何不凡之处。它是用蜡做的，而不是动物油脂，多次使用后早已熔化得不成形，烧焦的烛芯也黑乎乎的。

“这有何用？”

“时机到了自会有用。”小毛人从包里掏出另一样东西，“这个你也拿着，会派上用场的。”

那东西在月光下荧荧发亮，特里斯坦伸手接过。小矮人的礼物是一根细细的银链，两端各有一个环，摸上去冰凉光滑。“这是什么？”

“不足为奇。猫的呼吸、鱼的鳞片加上磨坊水池的月光，由小矮人熔化、锤炼、打磨成形。你得靠它把星星带回来。”

“真的吗？”

“当然。”

银链滑入特里斯坦的掌心，质感像流动的水银。“我该把它放哪儿呢？这恼人的衣服连一个口袋都没有。”

“把它缠在手腕上，需要时再解开。没错，就是这样。你的紧身短上衣里有个口袋。喏，那下头，看见没？”

特里斯坦找到了暗袋，上头有个扣眼，插着那朵雪花莲。这朵玻璃花是他离开石墙村时，父亲赠予的幸运符。他不知道这究竟有没有带给他运气，如果有，那是好运还是霉运呢？

特里斯坦直起身子，抓紧大皮袋。

小毛人说：“听好了，你得这么做：右手握着蜡烛，我会为你点火，然后就向你的星星走去吧。你得用链子带她回来。剩余的烛芯不多了，你动作得迅速，步子要轻快，稍有耽搁都会让你后悔不迭。脚步要够轻盈，明白了吗？”

“我……我明白了。”

他满怀期待地站着。小毛人将一只手移近蜡烛，点亮了一簇上黄下蓝的火苗。一阵劲风刮过，可火苗纹丝不动，连微弱的一闪都没有。

特里斯坦握着蜡烛，向前迈步。烛光照亮了周身的世界：每一棵树、每一丛灌木和每一片草叶。

刚迈出一步，他便站到了湖边，烛光照亮了湖面；他越过群山，穿过人迹罕至的峭壁，积雪中小生灵的眼里映照着烛焰；他在云层中穿行，白云虽有些虚无缥缈，仍稳稳地支撑着他，脚感舒服极了；他紧握蜡烛，来到地下，潮湿的穴壁反射着跃动的烛火；他又来到山间，随即是野林中的一条小径，他瞥见一辆双轮羊车，由两头山羊拉着，驾车的是个红裙女人，乍看之下像历史课本里的博阿迪西亚[1]；他又跨出一步，置身于葱茏的峡谷，耳边传来泉水溅入小溪后的一路欢歌。

他再次踏出一步，可仍身居峡谷之中。周围是高大的羊齿丛、榆树和成片的毛地黄，月亮挂在天边。他高举蜡烛，寻找那颗坠落的星星，也许是一块石头，或是一粒珠宝，可他什么都没看见。

伴着水流的潺潺声，他隐约听到了抽噎，像是有人在强忍着不哭出声。

“有人吗？”

抽泣声止歇了。但特里斯坦确信榛树下有亮光，便走了过去。

“抱歉，”他一面期望能安抚榛树下坐着的人，一面祈祷千万别再来个会偷他帽子的小人，“我在寻找一颗星星。”

---

1 博阿迪西亚：*Boadicea*，别称布狄卡（*Boudica*）。古代一支凯尔特部族的女王，曾领兵起义，反抗罗马帝国的统治。

一块湿泥巴从树下应声飞来，正中他的侧脸。有那么点疼。碎土块滑入他的领子，掉进了衣服里。

“我不会伤害你的。”特里斯坦大声说。

又一个土块破空而来，他闪身躲开，土块猛然砸中他身后的榆树。他继续往前走。

“走开，给我走开，别烦我！”声音像刚哭完后的哽咽。

榆树下，一个年轻女孩四仰八叉，瞪着特里斯坦，眼中满是戒备。她又举起一块泥巴以示威胁，但没有扔出手。

她双眼红肿，发色淡得近乎发白，蓝丝裙在烛光下荧荧闪动。她坐在那儿，身上发着光。特里斯坦恳求道：“求你别再向我扔泥巴了。真的，我不是有意打扰你的。有一颗星星落在了附近，我得赶在蜡烛熄灭前把它带回去。”

“我摔断了腿。”那女孩说。

“真不好意思，但那颗星星——”

“我掉下来时摔断了腿。”她忧伤地说着，一边朝特里斯坦掷出土块，亮晶晶的粉末从她手臂上纷纷撒落。

土块砸中了特里斯坦的胸膛。

“你走开，”她呜咽着，把头埋进胳膊弯，“走开啦，别烦我。”

“你就是星星。”特里斯坦茅塞顿开。

“那你就是个笨蛋！”女孩挖苦道，“还是个傻瓜、白痴、蠢货、猪头！”

“没错，我想你说对了。”特里斯坦解开银链的一端，套上女孩纤细的手腕，他感到自己手腕上的链环紧了紧。

女孩愤恨地盯着她，语气怒不可遏：“这是什么玩意儿，你想干吗？”

“把你带回家。”特里斯坦说，“我许下了一个诺言。”

蜡烛头突然剧烈摇曳起来，最后一点儿蜡芯浮在一小汪蜡上。一时间，烛焰升腾而起，照亮了峡谷、女孩和连接两人手腕的牢固银链。

蜡烛熄灭了。

特里斯坦死死盯着星星，也就是那个女孩，努力压下心头的千言万语。

我能乘着烛光到那里吗？当然，到了再回都可以。可烛光灭了，从这儿到石墙村，是足足六个月的艰难旅程。

“你给我记住，”女孩冷冰冰地说，“不管你是谁，对我有何企图，我都不会给予你任何帮助或协助，反而会竭尽所能阻挠你的计划和鬼主意。”她又气鼓鼓地加了一句：“白痴。”

“你还能走路吗？”

“不能。我的腿断了。难道你不仅没脑子还没耳朵吗？”

“你们星星睡觉吗？”

“当然，但晚上不睡，晚上我们要发光。”

“好吧，可我要睡一会儿，我想不出除此之外还能做什么。今天对我来说太漫长了，我一时接受不了发生的种种。也许你也该睡一觉。我们还有好长的路要走呢。”

天色渐亮，峡谷中，特里斯坦头枕大皮袋，尽量不去理会链子那头蓝裙女孩的辱骂和诅咒。

他不知道若自己没回去，小毛人会怎么办。

他不知道维多利亚此刻在做什么，她该是在父亲的农舍里、自己的卧室的床上睡熟了。

他不知道六个月算不算长途跋涉，以及一路上该吃什么。

他不知道星星都吃些什么……

想着想着，他就睡着了。

“大笨蛋，土包子，死白痴。”

星星叹了口气，给自己找了个舒服的姿势。她的腿已然麻木，可依旧隐隐作痛。她扯了扯腕上的银链，可链子又紧又牢，挣脱不开又弄不破。“白痴，害虫。”她嘟囔着也睡下了。

第五章

王位之争持续升温

清晨灿烂的阳光下，女孩看上去更像个凡人，少了几分轻灵飘逸。自特里斯坦醒来后，她一句话都没说过。

她坐在无花果树下，板着张脸，怒视特里斯坦。见他拿出小刀，把一截掉落的树枝切成丫形的拐杖，又见他从一截嫩枝上剥下树皮，裹在拐杖上端的分叉处。

他们还没吃早饭，特里斯坦饿极了，肚子在干活时咕咕直叫，而星星倒是一次也没喊饿。她再一次什么都不做，只是一眨不眨地盯着特里斯坦，眼神中起初是责备，接着又添了不加掩饰的憎恶。

特里斯坦拉紧树皮，又系了个结拽了拽。“我可不是为了一己私利。”他对女孩和树丛说。在强烈的日光下，几乎看不出女孩在发光了，除了从她周身的暗影能一窥端倪。

星星伸出白皙的食指，来回抚摸着连接两人的银链，又沿着纤细的手腕顺了一圈，一声不吭。

“我这是为了爱，”特里斯坦继续道，“而你真的是我唯一的希望了。她的名字，也就是说我心上人的名字，叫维多利亚。维多利亚·弗瑞斯特。她是茫茫人世上最可爱、最聪慧、最甜美的姑娘。”

女孩冷笑一声，终于开口：“那么就是这个聪慧、甜美的小家伙派你来折磨我的喽？”

“不，不尽然。听我说，她答应我，若我能向她献上前夜我们共睹的那颗流星，她就会满足我想要的一切——无论是结婚还是亲吻。我本以为流星会是粒钻石或是个石块，可万万没料到会是个姑娘。”

“既然你发现了一个姑娘，你就不能帮帮她，或还她个清净？干吗把她牵扯进你的愚蠢行为里？”

“为了爱。”特里斯坦辩解道。

女孩用天蓝色的双眼望着他，一口断定：“但愿你的计划夭折。”

“不会的。”特里斯坦心中远不如语气里那么自信乐观，“试试这个。”他把拐杖递给女孩，弯下腰想扶她站起来。在碰到女孩的皮肤时，他的十指打了个激灵，可并不难受。女孩死赖在地上，像个树桩子，完全没有起身的意思。

“我和你说过，我会尽我所能挫败你的计划和鬼主意。”她扫了眼周围的树丛，“这个世界在白天看来真是单调乏味。”

“你只要把重量压一些在我身上，其余的压在拐杖上。你好歹动一下啊。”特里斯坦扯了扯链子。星星不情不愿地站起身，先是倚着特里斯坦，随后又靠到拐杖上，仿佛挨近特里斯坦恶心到了她似的。

她气喘吁吁，深吸了口气，突然跌坐在草地上，五官扭曲，痛苦地呻吟着。特里斯坦跪在她身边，问：“怎么了？”

她眨了眨蓝眼睛，眼中盈满了泪水：“我的腿，我站不起来了，我的腿一定是断了。”她痛得直发抖，肤色像云一样发白。

“抱歉。”特里斯坦深感无力，“我来给你做个固定夹板吧。我给绵羊做过，没问题的。”他捏了下星星的手，走到小溪边浸湿手绢，递给星星擦拭前额。

他用刀劈开更多的落木，接着脱掉短上衣，再脱下衬衫撕成碎条，将木条牢牢地绑在星星的伤腿上。在他做这些时，星星默默无言，可当他拉紧最后一个结时，却听到她在暗自抽泣。

“说实在的，得给你找个靠谱的医生才是，我又不是个外科医生。”

“这样吗？”星星淡漠地说，“你真令我吃惊。”

特里斯坦让她在阳光下歇了一会儿，对她说：“我想，最好再试一次。”说罢把她搀了起来。

他们蹒跚地离开林地。星星把重量压在拐杖和特里斯坦的手臂上，每走一步都蹙紧眉头。每回她因疼痛而抽气或瑟缩时，特里斯坦都愧疚不已，他想象着维多利亚的灰眼睛，借此平复心绪。他们沿着榛树林的鹿径往前走。一路上，特里斯坦觉得该和星星多聊聊天，便问她当星星有多久了，当星星好不好玩，是不是所有星星都是女的。还告诉她自己本以为所有星星都如切丽太太所教的那样，是冒着灼热气体的火球，就像太阳一样，不过要比太阳远上十万八千里。

星星对所有问题和话语都不予理会。

“你怎么会掉下来的？你被绊到了吗？”特里斯坦问。

星星停下脚步，转过头死死瞪着他，像是从很远的距离外，审视某个恼人的东西。

她终于开口：“我没有被绊到，我是被这个东西打下来的。”她把手伸进衣衫，掏出一块泛黄的大石头，上头吊着两节银链，“我身体一侧有块乌青，就是被这东西砸的。我被它打下天空，现在不得不随身带着它。”

“为什么？”

她欲言又止，摇了摇头，闭紧双唇。右脚边的溪流涓涓流淌，和着他们的步调。正午的太阳高悬头顶。特里斯坦越来越饿，他从包里取出剩下的干面包，用溪水沾湿，对半掰开。

星星不屑地瞅着湿面包，没往嘴里放。

“你会饿的。”特里斯坦好心提醒。

她没吭声，只是微微翘起了下巴。

他们继续慢吞吞地穿越林地，费劲地顺着鹿径翻过一座小山坡，越过横倒在地的树干。小径一度变得陡峭，差点儿让颤巍巍的星星和俘获她的人跌倒。“就没有好走点的路吗？”星星忍不住问，“比方说马路、平地之类的？”

话音刚落，特里斯坦就知道了答案。“往这边半里有条马路。”他抬手一指，接着指向另一边，“那儿有片空地，就在灌木丛后头。”

“你早就知道了？”

“也对也不对，你问我时我才知道。”

“那我们去空地吧。”

两人在密林里吃力地开出一条道，花了大半个小时才抵达空地。到达后，他们发觉整片空地平坦得像个运动场，似乎被有意清理过，可特里斯坦也想不出个所以然来。

在林间空地中央、离他们有段距离的草地上，一顶华贵的金色王冠正在午后骄阳下闪耀。王冠上镶嵌着红色和蓝色的石头，特里斯坦想那准是红宝石和蓝宝石。他正打算走向王冠，星星捅了捅他的胳膊，说：“等等，你有没有听到咚咚声？”

他听到了：一阵低沉、有节奏的拍打声，从四面八方传来，近在咫尺又好似远在天边，回音传遍山林。随后，空地尽头的树丛中传出一声轰然巨响，伴着一声高亢的嘶鸣。一匹巨大的白马闯入空地，它的腹侧有一道深长的口子，不停淌着血。它跃入空地中央，身子一扭，头一低，与紧随的追捕者当面对质。后者猛然蹿入空地，咆哮一声，吓得特里斯坦寒毛直竖。那是头狮子，可一点儿都不像特里斯坦在邻镇集市上见过的那只（满身疥癣、一口烂牙还糊满黏液）。这头狮子体形硕大，毛色宛如临近黄昏时的沙漠。只见它冲入空地，停下来冲着白马狂吼。

白马像是吓坏了，它的鬃毛沾满汗渍和血污，黯然失色，眼神也狂乱无比。特里斯坦还注意到它的前额中央有一根乳白色长角。白马奋力抬起后腿，一边嘶鸣一边喷鼻息，没打蹄铁的尖利蹄子猛地踹进狮子的肩胛。狮子嚎叫着向后弹跳，活像一只被开水烫到的大猫。它拉开距离，绕着机敏的独角兽打转，金色的眼眸死死追随着一直冲着自己的长长尖角。

“快制止它们互相残杀。”星星低声说。

狮子冲着独角兽吼叫，起初是暗沉的低吼，如同远方的雷声，最后化为厉声咆哮，天空和峡谷中的岩石树木均为之震颤。狮子纵身一跃，独角兽俯身闪躲。林地间布满了金色、银色和红色：狮子压在独角兽的背上，利爪深深划过它的腹侧，嘴咬住它的颈部；独角兽哀嚎着，弓起背上蹿下跳，想甩开这只折磨自己的大猫，可无论是用尖角刺还是用马蹄踹，都徒劳无功。

“求求你了，想想办法啊。狮子会杀了它的。”星星再三乞求。

特里斯坦想和她解释：若他胆敢接近这两头狂怒的野兽，估计只会被刺穿、踢倒、撕裂或吃掉。他本想进一步解释：即便能侥幸靠近，他依旧束手无策，因为他手中连一桶水都没有——这是石墙村村民用来制止动物争斗的老办法。可还没等所有念头闪过脑海，他已经站在空地中央，离两头野兽只有一臂之遥。狮子的气味浓烈、兽性而恐怖，特里斯坦站得离独角兽很近，足以看清它黑眸中的哀求之色。

狮子和独角兽在争夺王冠。特里斯坦暗自想着，回想起一首古老的童谣。

狮子在大街小巷打赢独角兽
击败了它一次
击败了它两次
使尽浑身解数
击败了它三次
继续执掌王权

想到这儿，他从地上捡起王冠，王冠像铅那么硬、那么软。他走向两头动物，像在父亲的农场上对坏脾气的公羊和易怒的母羊说话那样，对狮子说："嘿，放轻松……这是你的王冠。"

狮子叼着独角兽摇来晃去，像一只玩弄羊毛围巾的大猫。它大惑不解地瞥了特里斯坦一眼，鬃毛上缠结着芒刺和叶片。

特里斯坦向它举起沉重的王冠：“嗨，你赢了，放过独角兽吧。”他走近一步，伸出颤抖的双手，把王冠戴到狮子头上。

狮子使了点劲放下瘫软的独角兽，头仰得老高，轻巧地穿过林间空地。它走到空地边缘，停下脚步，花了几分钟用鲜红的舌头舔舐伤口，在发出一声地动山摇的吼声后，便一溜烟消失在了森林中。

星星一瘸一拐地走向受伤的独角兽，吃力地在草地上坐下，伤腿搭在一边。她抚摸着独角兽的头，安抚道：“真是一只小可怜哪。”独角兽睁开黑眼睛凝视着她，把头枕在她的大腿上，再次合眼。

那天晚饭，特里斯坦吃掉了最后一点儿硬面包，星星还是什么都没吃。她执意要陪在独角兽身边，特里斯坦也不忍心拒绝。

林间空地一片幽暗，苍穹上布满成千上万闪耀的星辰。星星姑娘也在发光，像被银河洗过一样。与此同时，独角兽也在黑暗中微微闪亮，宛若透过云层的月光。特里斯坦躺在独角兽巨大的身躯旁，感受它辐射出的温暖体温。星星躺在巨兽的另一边，似乎在给它哼歌。特里斯坦想听得更清楚些。传来的依稀旋律是那么奇异而撩人心弦，可星星唱得太轻了，他近乎什么也听不见。

他摸了摸系起两人的银链：像雪那样冰凉，像磨坊水池里的月光那样纤柔，抑或像鳟鱼在黄昏浮上水面觅食时，银色的鳞片映射的光辉。

很快他就睡着了。

☆

巫后驾着双轮羊车在森林小径上行进。两头白胡子公山羊稍有懈怠，腹侧就会挨上一鞭子。半里之外，她瞧见远处路边生着一小堆火，并从火焰的颜色辨识出，生火的定是她的子民——魔女的火焰有着不寻常的色调。她来到火堆和一辆漆得五彩斑斓的吉卜赛篷车前，勒住山羊。一个铁灰发色的老太婆坐在火边，正打算往烤着野兔的火堆里吐痰。油脂从野兔剖开的腹腔中滴落，碰到火焰便嗞嗞作响，空气中弥漫着烤肉和木烟的双重香气。

篷车前方的驾驶座旁，有一只五彩的鸟儿立在栖木上。见到巫后时，它拍打起翅膀，惊恐地叫起来，却被一根链子系在栖木上。

灰发老太婆说："在您开口前，我得告诉您，我只是个穷苦的卖花婆，一个无辜的老妪，从没害过人。见到您这么一位高贵威严的女士，我实在是诚惶诚恐。"

"我不会伤害你的。"巫后说。

老太婆双眼眯成一道缝，从上到下打量着红裙女人，开口道："你说是这么说。可像我这么一个从头到脚直打哆嗦的可怜老家伙，该怎么知道你所言非虚呢？也许你正盘算着趁夜打劫我，甚至打着更坏的主意。”她拿起木棍拨弄火堆，火焰蹿了起来，烤肉的香气在凝滞的夜间空气中久久不散。

红裙女人说：“我发誓，以我们同属的那个姐妹会的律法和戒条，以莉莉姆的威严，以我的嘴唇、胸脯、贞洁做担保，我对你没有恶意，并会把你当作客人来对待。”

“荣幸之至啊，亲爱的。”老太婆咧嘴一笑，“快来坐下吧。小羊羔再摇两下尾巴，晚饭就好了。”

“遵命。”

两头山羊抽了抽鼻子，一边大嚼马车边的草叶，一边嫌弃地瞅着拉篷车的骡子。“很好的山羊。”老太婆说。巫后点了点头，端庄地笑着。火光映照着她腕上的鲜红蛇镯。

老太婆接下去说：“亲爱的，虽说我的老眼大不如前，可我应该没看错：这俩好家伙里有一个刚生下来时是用两条腿走路，而不是四条腿吧？”

“这倒不稀罕。”巫后承认，“比方说，你那只光彩夺目的鸟儿也一样。”

“大约二十年前，那只鸟将我存货中的一件珍品送人了，给了一个一无是处的废物。这之后，她给我带来的麻烦简直无穷无尽。所以这些天，除了有什么要紧活或要照看花铺外，她都是只鸟儿。若我能找到个强壮尽职、任劳任怨的仆人，她就得永远当只鸟儿了。”

鸟儿在栖木上哀鸣。

“大家都叫我瑟莫勒夫人。”老太婆说。

当你还是个黄毛丫头时，别人都管你叫臭水瑟。巫后虽心中这么想，却没有大声道出口。“你可以叫我魔望奈。”她这么回应，心底暗自发笑。（因为“魔望奈”的意思是海浪，她的真名早已被冰冷的大洋淹没而遗失了。）

瑟莫勒夫人站起身，钻进篷车，拿出两个彩绘木碗、两把木柄餐刀和一小罐晒干后磨碎的绿色香草粉。“我本想拿新鲜树叶当盘子，用手抓着吃的。”她递给红裙女人一个碗，碗底漆着一朵向日葵，蒙在一层灰下，“但我转念一想，我难得才遇上一个这么好的伴儿，当然得拿出最好的东西来招待。你要头还是尾巴？”

“随你挑吧。”她的客人说。

“那么头就给你了，不仅有香甜可口的眼珠和脑子，还有脆生生的耳朵。剩下的骨头就是我的了，只有干巴巴的肉可啃。”她边讲边把烤肉叉从火上移开，然后两刀并用，只见刀锋一闪，她便将野兔开膛破肚，把肉从骨头上剔了下来，匀到两个碗里。她将那罐香料递给客人：“亲爱的，我这儿没有盐，但你撒些这个也有同样的效果。一点儿罗勒，一点儿高山百里香——我的独创秘方。”

巫后接过自己那份烤兔肉和餐刀，在上头撒了点香料。她用刀尖叉了一小块肉，津津有味地品尝起来。她的东道主则摆弄着自己的那份肉，讲究地用嘴吹凉，香脆的棕色烤肉上冒着热气。

“怎么样？”老太婆问。

“相当美味。”她的客人由衷地感叹。

“这得多亏香料。”

“我能尝出罗勒和百里香，可还有一种难以形容的味道。”

“哦。”瑟莫勒夫人又咬下一片肉。

“这肯定是一种极不寻常的味道。”

“一点儿不假，这种香草仅出产自加拉蒙，生长在一片大湖的湖心岛上。它与一切肉类和鱼类都是绝配，带几分茴香叶的香气，还有一丝肉豆蔻的微香。这药草的花瓣透着诱人的橙色。它对伤风和疟疾疗效极佳，还是一种温和的安眠药。它另有一种奇效，能让吃了它的人在数小时里只说真话。”

红裙女人将手里的木碗摔在地上：“灵薄草？你竟敢给我吃灵薄草？”

“就是这么回事，亲爱的。”老太婆嘎嘎地开怀大笑，“那么告诉我，魔望奈夫人——如果这是你的真名的话。你驾着你的漂亮羊车要上哪儿去呢？为什么我好像在哪里见过你？瑟莫勒夫人不会忘记任何一桩事和任何一个人。”

“我在寻找星星的途中，她落在腹山另一边的大森林里。等找到她，趁她还没死，趁她的心脏还属于自己，我会用最锋利的刀剐出她的心。因为星星活生生的心脏是一剂神药，能抵御一切年龄和岁月的侵蚀。我的妹妹们正等着我回去。”

瑟莫勒夫人笑得前仰后合，皮包骨头的手指扒着身子两侧。“星星的心脏，真的吗？嘿嘿，那对我来说真是个好东西哇！要是吃得够多，我就能重返青春啦！我的头发会由灰白变回金色，乳房也会鼓胀柔软，变得结实高耸。我还要把剩下的星星带到石墙村的大集市上变卖。妙极了！”

“你做不成的。”她的客人不动声色地说。

“不成？亲爱的，你是我的客人。你发了誓，还吃了我的食物。根据姐妹会的律法，你不能以任何方式伤害我。”

“哦，臭水瑟，要伤害你还不容易。但我只想告诉你，但凡谁食用了灵薄草，在接下去的几小时内只能说真话，还有一件事……”远方的闪电在她的字句间闪耀，森林寂静无声，仿佛每片叶子和每棵树都在仔细聆听。“我这么说吧：你窃取了不应得的秘密，这有害无益。因为你将看不见星星，察觉不到、触摸不到、尝不到、找不到，更别说将之杀害。就算有人割下星星的心脏送到你面前，你也浑然不知，永远不晓得自己手里拿着什么。这就是我要说的，句句属实，我说话算话。你还得清楚一点：我以姐妹会的契约立誓，说我不会伤害你。若我没有发誓，鉴于你刚才对我的无礼言行，我会把你变成一只黑蟑螂，一根根扯下你的腿，再把你扔给鸟儿。”

瑟莫勒夫人吓得瞪大了眼。隔着火堆上的火焰，她死死盯着客人，问：“你是谁？”

“当你上回见到我时，卡纳丁还未覆灭，我和姐妹们统治着那方。”

“当真？可你死了，早就死了！”

“人们老早就说莉莉姆死了，可他们一直在撒谎。据说某个橡果会长成一棵橡树，砍下它做成的摇篮里会躺着个长大后会杀了我的小娃娃，可松鼠还没找到那个橡果哩。”

她说话时，银光在火焰中摇曳闪烁。

“是你，你重返青春了。”瑟莫勒夫人叹了口气，“既然如此，我也能重返青春。”

红裙女人站起身来，把盛着她那份兔肉的木碗扔进火堆。“痴心妄想。听见没？等我一离开，你就会忘记曾经见过我，忘记这一切，连同我的诅咒。可你会为隐约的印象烦躁不已，就像早被截掉的四肢上的皮癣仍然会令你发痒一样。但愿你以后招待客人时能更殷勤礼貌、更恭敬才好。”

木碗扑地着了火，腾起一大团火焰，烧焦了头顶的橡树。瑟莫勒夫人用树枝拨出火中烧得焦黑的木碗，挑进高高的草丛里拼命踩个不停。“我是中了什么邪，居然把碗扔进火里？”她大声嚷嚷，“瞧，我那把上好的餐刀，烧得全毁了！我到底着了什么道？”

她死都想不出原因来。远方的小路上传来有节奏的嗒嗒声，像是羊蹄声在黑夜里回响。瑟莫勒夫人摇了摇头，似乎想甩掉脑中的灰尘和蛛网。“我老了。”她对驾驶座边栖木上的五彩鸟说，“老了，实在是无能为力呀。”鸟儿目睹了一切，也什么都没忘，它在栖木上不自在地挪了挪。

一只红松鼠寻寻觅觅，犹疑片刻走近火光，拾起一枚橡果，用状似人手的前爪抱了片刻，像是在祷告。然后它跑开了——去把橡果埋起来，再把它忘掉。

☆

史盖斯落潮镇是一座建在花岗岩上的海港小镇，镇上住着船用杂货商、造船木匠和缝帆工人。断了手指或缺胳膊少腿的老水手在这里开店卖格罗戈酒[1]，要不就成天泡在酒馆里。他们所剩无几的头发仍编成油腻腻的长辫，下巴上的胡茬儿也早已斑白。落潮镇上没有妓女，至少没人这么自称，尽管许多女人一经逼问，便会把自己说得和已婚差不多。这艘船上有个丈夫，每隔六个月回来一次，那艘船上还有个丈夫，每隔九个月回来待上一个月。

如此计算合了大伙儿的心意。万一算错，致使某个男人回来时，妻子还在同别的丈夫卿卿我我，两个男人就会干上一架，而

1 格罗戈酒：*Grog*，用朗姆酒兑水制成的烈酒。

酒馆便会给落败者以慰藉。这种安排水手们并不介意，起码这样一来，他们便知道：即便有朝一日自己未从海上归来，也会有人知晓并悼念他们的亡故。他们的妻子也只好接受丈夫同样不忠的事实，因为无法与大海竞争男人的情感。她既是母亲又是情人，一旦到了那时，她会冲洗他的尸首，洗得像珊瑚、象牙、珍珠那样洁净。

有一晚，风暴堡的老大来到落潮镇，通体黑色，浓密庄重的络腮胡宛若小镇烟囱上的鹳巢。他驾着一辆四匹黑马所拉的马车，在库鲁克街上的“水手之家”旅馆要了一间房。

他提出的要求和请愿实在太过离奇：他只将自备的食物和酒水带进了客房，锁在一个大木箱里，仅在要拿苹果、奶酪或胡椒调味酒时才打开箱子。他住在“水手之家”最顶层的房间里。这座旅馆又高又窄，盖在坚实的矿脉上，很方便走私。

他买通了街上几个流浪儿，叫他们一看到陌生人来镇上就向他通报，走陆路或海上来的都不放过，并再三叮嘱他们，要留意一个高个黑发、面黄肌瘦、眼神空洞茫然的家伙。

“老大倒学会谨慎了。”老二对另外四个亡故的兄弟说。

“是啊，道理谁都懂。”老五以死者留恋尘世的语气低喃，听上去就像远方的海浪拍打卵石滩，“谁要是厌倦了提防老七，那他就是活腻味了。”

每天早晨，老大都会和落潮镇上拥有船只的船长们聊天，大方地请他们喝格罗戈酒，但从不与他们一同吃喝。下午时，他会逐个检视码头上的船只。

流言很快在落潮镇上传开（镇上向来流言四起），大家都有鼻子有眼地津津乐道：那位络腮胡绅士即将搭船前往东方。这则轶事很快接上了后续，说他会搭乘延恩船长的“梦想之心”。那是一艘黑色条纹大船，甲板漆成深红色，名声多多少少还算不错（我的意思是说，这艘船通常只在远海打劫）。只等他一声令下，船就会即刻起航。

“老爷！”一个街头小混混前来报告，“镇上来了个人，走陆路来的。他寄宿在贝蒂耶夫人家，瘦瘦的，长得像乌鸦。我看到他在‘海之怒号’酒馆里，请在场的每个人喝格罗戈酒。他说自己是个困苦的海员，想在船上谋份工作。”

老大拍了拍男孩脏兮兮的头，递给他一枚硬币，返回房间打点准备。当天下午，便有消息称“梦想之心”将于短短三日内离港。

“梦想之心”出航前一日，人们看到老大将大马车和四匹马卖给了华德街的马夫，然后走到码头边，施舍一些小额硬币给流浪儿们。他走进“梦想之心”上的个人船舱，严禁任何人打搅，无论来由是好是坏，都得等轮船离岸一周后才能见他。

那天晚上，一位负责在“梦想之心”上收拉索具的能干水手惨遭横祸。他喝得醉醺醺的，跌倒在瑞文纽街湿滑的卵石地上，伤了髋部。好在有个现成的替补——那一夜与他共饮的那个海员，就是那人劝诱他，让他在潮湿的卵石地上示范一个极其复杂的角笛舞[1]舞步。当晚，这位又高又黑、乌鸦似的海员就在出海合同上画了个圈。待次日拂晓，轮船于晨雾中驶离港口时，他已站在甲板上。“梦想之心”向东方驶去。

风暴堡的老大新近刚刮了胡子。他站在岩壁之顶，看着轮船逐渐淡出视野。随后他下到华德街，把钱还给马夫，另给了更多东西。办妥后，他才驾着由四匹黑马所拉的黑色大马车，沿着海滨之路，一路西行而去。

☆

这是个显而易见的办法。毕竟整个清晨，独角兽都慢吞吞地跟在他们身后，时不时用宽脑门蹭一下星星的肩膀。它腹侧有几处伤口，起初宛若狮子的利爪下盛开的红花，现在已收干成棕色并结了痂。

星星一瘸一拐、跌跌撞撞地走着，特里斯坦守在她身边，冰凉的链子连着两人的手腕。

一方面，特里斯坦觉得“骑独角兽”这个念头有些亵渎神圣：它不是马，无须遵守自古以来人与马定下的契约。它的黑眼珠透着

1 角笛舞：*Hornpipe*，16 世纪源于英国水手间的一种生动活泼的单人舞。

野性，脚步狂放不羁，一个稍稍失衡的腾跃都能让人的心提到嗓子眼。另一方面，特里斯坦隐隐感受到：独角兽很关心星星，并希望能帮助她。思来想去后，他说："嘿，我知道你想挫败我的每一步计划，但若独角兽乐意的话，兴许能让它载你走上一程。"

星星没有回应。

"怎样？"

她耸了耸肩。

特里斯坦转向独角兽，凝视着它幽深的眼眸，问道："你能听懂我说话吗？"特里斯坦本期望它会像匹训练有素的马，点下头或跺一跺蹄，就同他小时候在村子草地上见过的马一样。可独角兽只是静静望着他。"请问你愿意驮这位小姐吗？"

独角兽一言不发，既不点头也不跺蹄，但它朝星星走去，在她脚前伏下身子。

特里斯坦扶着星星爬上独角兽的背。星星侧骑在上头，伤腿伸在外面，双手紧紧攥住它纠结的鬃毛。就这样，他们又赶了几小时路。

特里斯坦走在一旁，把拐杖扛在肩上，自己的包垂荡在拐杖尾端。他发现，星星骑着独角兽行路并不比先前来得轻松。之前他得放慢速度，尽量配合星星蹒跚的步伐，现在他得步步紧跟，生怕独角兽走到太前面，以至于连接两人的链子把星星拉下来。他一边走，肚子一边叫，饥饿的感觉竟如此痛苦。没过多久，他就失去了除饥饿以外的知觉，仿若行尸走肉，只知道加快速度，不停地赶路、赶路……

他步履踉跄，快要跌倒了。

“拜托了，请停一下吧。”他上气不接下气地说。

独角兽放慢速度，停了下来。星星俯视着他，晃了晃脑袋，做了个鬼脸：“如果独角兽肯驮你，你最好也上来吧。不然你要是晕过去了或是怎么了，还要连累我摔倒在地。我们得找个地方，让你弄点东西吃。”

特里斯坦连连点头，十分感激。

独角兽似乎没有异议，顺从地站在原地等候。特里斯坦设法爬上它的背，却像在攀爬一堵陡直的高墙般徒劳无功。最后，他将独角兽带到一棵连根拔起的山毛榉旁，这也许是几年前的一场暴风雨、一阵飓风或一个发怒的巨人所致。他顺着根部爬上树干，再从树干爬到独角兽背上。

“小山那头有个村庄。”特里斯坦说，“但愿我们到那儿后能找到点吃的。”他用空出的手拍了拍独角兽的腹侧。开始行进后，他将手搁到星星的腰部，借此坐稳身子。指尖传来丝绸的质感，他亦可感受到薄裙之下、星星腰肢上那根系着黄玉的粗重链子。

骑独角兽并不同于骑马：它奔起来不像马，骑起来也更狂野、更新奇。等特里斯坦和星星坐舒服后，独角兽才从容不迫地加起速来。

前方的树浪涌而来，倏然又跃到身后。星星向前趴着，十指死死揪住独角兽的鬃毛。特里斯坦吓得忘了饿，他用双膝夹紧独角兽的腹侧，祈祷自己别被迎面而来的树枝刮倒在地。可没过多久，他便享受起这种体验来。对于有机会骑上独角兽的人而言，这会是段前所未有的经历：欣喜若狂，如痴如醉，当真妙不可言。

快抵达村庄外围时，太阳渐渐西沉。连绵起伏的草浪中，独角兽突然在一棵橡树下停下，再也不肯挪步。特里斯坦翻下独角兽的背，一屁股摔在草丛里。他的屁股又酸又痛，但顶着星星无言的目光，他实在不好意思伸手揉搓。

“你饿了吗？”他问星星。

星星不吭声。

“唉，我饿了，我快饿死了。我不知道你……你们星星吃不吃东西，但我一定不会饿着你的。”他抬头说道。星星凝视着下方的他，面无表情，可一眨眼间便泪流满面。她拿起一只手擦拭泪水，在脸颊上留了块污痕。

“我们只吞食黑暗，啜饮光明。所以我不……不饿。我又孤独又害怕又冷又不知所措……还被俘……俘虏了，但是我不……不饿。”

“你别哭呀。听着，我要去村庄里弄点吃的。你就在这儿等吧。如果有生人靠近，独角兽会保护你的。”特里斯坦直起身，将星星从独角兽背上托下来。独角兽甩了甩鬃毛，快活地啃食起草地上的鲜草。

星星吸了下鼻子："就在这儿等？"她抓起绑住两人的链条。

"噢，把手给我。"特里斯坦说。

星星把手伸给他。特里斯坦拉扯锁链，可怎么都解不开。"嗯……"他嘟囔着，又用力拉了拉自己腕上的链条，却一样牢不可破，"看来我也被你绑住了，就像你被我绑住了一样。"

星星将头发甩到脑后，闭上双眼，深深叹了口气。她又睁开双眼，镇定下来："也许有魔咒之类的东西。"

"我什么咒语都不知道。"特里斯坦举起链条，看它在落日余晖下反射出红色和紫色的光。"求你了。"待他说罢，银链上泛起一阵波纹，他的手就滑了出来。

"拿着。"他将链子的一端递给星星，"我会尽快回来。假如有小精灵向你唱没头没脑的歌，看在老天的份上，别把拐杖扔过去，他们只会把拐杖偷走。"

"我不会的。"星星说。

"以星星的名誉，我笃信你不会逃跑。"

星星摸了摸绑着夹板的伤腿，直言不讳地说："我好一阵子都没法逃啦。"见她如此坦率，特里斯坦也放下心来。

他走完了最后半里路，来到村庄。由于离行路者常走的路实在太远，这儿没有旅馆。一个胖乎乎的老妇人这么向特里斯坦解释。她执意要特里斯坦陪她回农舍，到她家后，还硬让他喝下了一大碗胡萝卜大麦粥和一大杯淡啤酒。特里斯坦用亚麻手帕换了一瓶接骨木花果酒、一块圆圆的绿皮干酪和一些没见过的水果。这些水果软软的，覆有绒绒的细毛，长得像杏子，却透着葡萄的蓝紫色泽，闻上去又像熟透的梨。老妇人还给了他一小捆干草，好给独角兽吃。

他一边咬着多汁清甜、嚼劲十足的水果，一边走回刚才与独角兽和星星分别的草地。他不晓得星星是否愿意尝一口水果，尝了后会不会喜欢。但愿她在看到自己为她带回的东西后会开心。

起初，特里斯坦以为一定是自己记错了，这才在月光下迷了路。不，就是这棵橡树，星星就坐在这棵树下。

“有人吗？”他大喊。萤火虫在树篱和枝杈间闪着或黄或绿的光。没有人回应。特里斯坦胃里涌上一股恶心而恼人之感。“有人吗？”他再次大喊。依然没人回答，他停止了呼喊。

他扔掉手中的一捆干草，一脚踢开。

星星在他的西南方，移动得比他的步速还快。他在明亮的月光下追随星星的行迹，暗骂自己迟钝傻气，一阵由内疚、羞耻、后悔交织而成的痛苦袭上心头。他不该解开银链，他该把链子系在一棵树上，他该逼着星星同自己一起进村。在他前行时，这些念头一一闪过脑海。但另一个声音对他说，即便那时他没给星星松绑，他迟早也会这么做的，而那时星星照样会逃。

他不知道自己能否再次见到星星，小径将他引向古老的树木和幽深的密林，害得他总被树根绊倒。月光逐渐消失在浓厚的树冠之下。特里斯坦在黑暗中蹒跚而行。徒劳地走了一会儿后，他躺倒在一棵树下，头枕着行李袋合上双眼，心怀说不出的遗憾，沉入了梦乡。

☆

在腹山最南侧的斜坡上，有个乱石嶙峋的山口，巫后在这儿勒停羊车，嗅了嗅冷峭的空气。

无数的星星高悬在苍穹之上，冰冰凉的。

巫后那鲜红的嘴唇勾起一抹微笑。那光彩照人的姿色，那全然发于内心的喜悦，谁若是看上一眼，全身血液都会冻结。“很好，她朝我过来了。”

一阵山风耀武扬威地呼啸而过，仿佛在予以回应。

☆

老大坐在火堆的余烬旁，在厚重的黑袍下瑟瑟发抖。有匹黑马不知是醒着还是在做梦，又是嘶鸣又是喷鼻息，过了好一会儿才消停。冻得生疼的脸颊令老大不由怀念起浓密的络腮胡来。他往手上吐了口唾沫，掰开滚烫的泥球，刺猬肉的鲜美香气溢了出来。这是他趁睡觉之际用余烬慢慢烤熟的。

他一丝不苟地吃完早饭，将啃完肉的小骨头吐进火圈，就着一块硬乳酪和一瓶微酸的白葡萄酒，把刺猬肉咽下了肚。

吃饱后，他在长袍上擦了擦手，取出石符开始占卜，寻找那块象征高崖地和风暴堡广袤领地的统治权的黄玉。他抛出石符，目光追随着这些红色的花岗岩小方片，尔后一脸疑惑。他将石符捡了起来，捧在修长的十指间震荡，再次抛到地上仔细看了一遍。看完后，他往余烬里吐了口痰，余烬懒懒地嘶鸣着。他将石符上的灰掸去，丢进腰带上的小口袋。

“它动得更快了，离我更远了。”老大自言自语。

他冲余烬撒了泡尿。毕竟身处野蛮之地，这儿的山贼和小妖怪比别处的更会为非作歹，他可不想暴露自己。随后他套上马匹，爬上驾驶座，向着森林，向着西方，向着远处的山脉驶去。

☆

独角兽一头扎进黑黢黢的森林，女孩紧紧搂着它的脖子。

树与树之间没有月光，但独角兽就像月亮，散发出淡白色的光芒。女孩自己也荧荧闪动，仿佛拖着一串星星点点的光迹。她从林间穿过时，远处的眺望者会觉得她在闪烁，时暗时明，时明时暗，就像一颗小星星。

第六章

树说的话

特里斯坦·索恩在做梦。

他在一棵苹果树上，透过窗紧盯着正在宽衣的维多利亚。眼见她脱下外衣，露出宽松的衬裙，特里斯坦感到脚下的树枝开始松动。他猛然从半空跌落，落入月光……

他掉进了月亮里。

月亮对他说："拜托，"月亮的绵言细语令他忆起自己的母亲，"保护她，保护我的孩子，有人要伤害她，我已经尽我所能了。"

月亮本想告诉他更多，也许她说了，可她已变为身下迢迢云水中的一缕月光。他感到脸上爬过一只小蜘蛛，脖颈一阵痉挛。他伸出手，小心翼翼地拂去脸颊上的蜘蛛，晨曦照进他的眼眸，世界一片金绿。

"你刚才在做梦。"上方传来一个年轻的女声，嗓音柔和，但口音怪怪的，头上铜红山毛榉的树叶也在沙沙作响。

“没错。”他对树里的那个人说，“我刚做了个梦。”

“我昨晚也做了个梦。”那声音说，“在梦里我抬头仰望，看到了整片森林，有个庞然大物在林间穿行。当它越来越近、越来越近时，我就认出它了。”她突然打住。

“那是什么？”

“森罗万象。那是潘。当我还很小的时候，有人——也许是只松鼠，它们话最多，或是只喜鹊，要不就是条小鱼——告诉我潘拥有整座森林。我说的拥有不是那种拥有，不是说他会把森林卖掉，或围上一堵墙——”

“或是把树木砍倒。”特里斯坦帮腔。没有人回应，他奇怪姑娘去了哪里：“喂！你还在吗？”

头顶的树叶又一阵窸窸窣窣。

“你不该说那样的话。”

“对不起。”特里斯坦有点迷糊自己为什么要道歉，“但你刚和我说潘拥有整座森林……”

“那当然。要拥有什么并不难，连拥有一切都不难。你只要知道那属于自己，再放手就好。潘就是这样成了森林之主。在梦里，他来到了我面前。你也在我梦里，用锁链牵着一个黯然神伤的女孩，她真的是个非常、非常悲伤的女孩。潘嘱托我来帮你。”

“我？”

“这令我从叶尖到根末都充盈着温暖、兴奋与柔软。我醒了过来，看到你枕着我的躯干呼呼大睡，像只威金猪一样在打鼾。”

特里斯坦挠了挠鼻子，不再仰头寻找树枝间的那个女子，而是看向山毛榉本身。“你是一棵树。”特里斯坦将自己的思绪化作字句。

“我并非一直是棵树。”山毛榉的沙沙声中，那声音说，“有个魔法师把我变成了树。”

“那你原来是什么？”

“你觉得他喜欢我吗？”

“谁呀？”

“潘。如果你是森林之主，你不会派一个人去竭力援助别人，除非你喜欢他，对吧？”

“这……”还没等特里斯坦想出个机智得当的回答，树就抢先说：“一个仙子。我曾是个木仙子，被一个王子追求，他不是个好王子，是另一类的。哦，你以为但凡是王子，即使心肠再歹毒，也会懂点分寸是吧？”

“你觉得呢？”

“我的确是这么想的。所以我在逃跑时暗自祈祷，然后呢，啪——变成了树。你怎么看？”

“这，我不知道你当木仙子时是什么样子，女士。但你现在是棵枝繁叶茂的树。”

树没有立即接话，但她的叶子发出动听的声响。“我是仙子时也很美丽动人。”她害羞地承认。

“到底是什么样的援助？”特里斯坦问，“不是我在无病呻吟，说真的，眼下我急需一切援助，可一棵树看起来并不能帮上忙。你没法与我同行，给我吃的，或把星星带过来，送我们回石墙村，让我与心上人重逢。若是变天了，我确信你能好好帮我遮风挡雨，可现在又没下雨……”

树叶簌簌颤动：“为什么不将你迄今的故事讲给我听听呢？让我来下个最明智的决断，看我能不能帮上忙。”

特里斯坦抗拒了一阵。他能感受到，以独角兽小跑的速度，星星正离他越来越远。若他有什么时间浪费不起，那就是复述迄今为止的冒险之旅了。但他转念一想，探寻星星的一路上，任何一点儿进展都多亏他人的好心相助。想到这份上，他便在林地上坐下，对山毛榉道尽了所思所想：他对维多利亚的爱意，纯粹而真挚；他许下的为她带回流星的承诺——不是哪颗流星都行，而是要他们在戴提斯山顶一同看到的那颗；还讲了仙国之旅，小毛人和偷了他圆顶礼帽的小精灵；他还说了魔法蜡烛，为抵达星星的落点在林间数里的跋涉，狮子和独角兽，以及他是如何丢了星星。

他说完了故事，一时没有回音。山毛榉的红叶轻轻摇摆，像被一阵和风拂过，接着越颤越剧烈，宛如暴雨将临。树叶声汇成一个凶狠而低沉的声音：“如果你把她绑住，而她又挣脱了锁链，那天上地下都没有力量能驱使我来帮你，就算伟大的潘或森林少女亲自来恳求我也没用。但你主动解开了她的锁链，因此我愿意帮你。”

“谢谢你。”

“我要告诉你三件事，其中两件我现在就跟你说，最后一件留到你最需要它的时刻，具体何时由你自己来判断。

“首先，星星的处境极度危险。树林中央发生的事很快就会传到最遥远的边界，树告诉风，风传话给下一棵树……有许多力量想伤害她，甚至残害她。你必须找到她，保护她。

“其二，有条小径穿过这片森林，就在那棵冷杉后头（我可以和你说说冷杉的轶事，连巨石听了都会脸红哩）。几分钟后，一辆马车会从那儿经过。抓紧时间，你就不会错过。

“还有第三件事，把手伸出来。”

特里斯坦伸出双手。一片赤褐色的叶子从高处缓缓下落，盘旋翻滚，恰好滑入他的右掌心。

“接着，好好保管，当你最需要它时，就听它对你说什么。现在——”树催促道，“马车就快到了。跑！快跑！”

特里斯坦抓起包就跑，边跑边将叶子胡乱塞进上衣口袋。律动的马蹄声穿越林地，离他越来越近。他知道自己赶不上了，十分绝望，但他依然在加速，直到胸腔和耳中都回响着剧烈的心跳，肺里呼出的每一口气都嘶嘶作响。他艰辛地冲过羊齿丛，刚好在马车通过小径时赶到路边。

那是一辆黑色马车，由四匹漆黑如夜的马拉着，驾车的是个脸色苍白的家伙，身穿黑色长袍。离马车只差二十步了，特里斯坦大口喘着粗气，想叫出声来，可他喉咙干哑，气也接不上，只能发出干哑低弱的噪音。他试图大喊，却只能呼哧呼哧地喘个不停。

马车从他面前驶过，没有减速。

特里斯坦坐到地上，缓过气来。由于惦记着星星，他很快起身上路，沿着森林小径快步前行。不出十分钟，他又遇到了那辆黑色马车。一段粗大的橡树枝干——足有一棵树一般大，横亘在前方马路上。那位驾车人，也是马车上唯一的人，正费力地把树枝扛到路边。

“真邪门。”身穿黑色长袍的车夫嘀咕着，特里斯坦估摸他快五十岁了。“没刮风，也没下暴雨，它怎么就掉下来了，把马都吓坏了。”他低沉的声音隆隆作响。

特里斯坦和车夫把几匹马解开，绑到橡树枝上。两人一起推，四匹马一起拉，总算合力将树枝拖到了路边。特里斯坦向掉落树枝的橡树、铜红山毛榉和森林之主潘默默道了声谢，继而问那位驾车人可否载他驶出森林。

“我不载客。”驾车人摸着自己留着胡须的下巴。

“好吧。”特里斯坦说，“但要没有我，你还会被困在这儿呢。一定是上苍把你送到我面前，也把我送到你面前。我不会要求你偏离原路线，若是再遇上什么状况，说不定你会庆幸多了个帮手。”

车夫从头到脚打量了特里斯坦一番，一手伸入系在腰上的天鹅绒袋子，掏出一把红色花岗岩方片。

“选一片吧。”他对特里斯坦说。

特里斯坦挑了一片，把刻有记号的一面给那人看。“嗯。”他只说了这么一个字。“再选一片。”特里斯坦照做。“再来一片。”那人又摸了摸下巴。“好，你可以跟我走。尽管有危险，但符石似乎很有把握：沿途可能会掉落更多的树枝。你愿意的话，可以坐前头，在驾驶座边上和我搭个伴。”

爬上驾驶座时，特里斯坦见到了离奇的一幕。他瞥了眼车厢内部，似乎看到了五个面色苍白的绅士，全都身着灰衣，忧郁地凝视着他。可等他再次朝里看时，却空无一人。

树叶汇成的金绿色树冠下，马车嗒嗒嗒地疾驶过绿草茵茵的小径。特里斯坦很为星星担心。她也许脾气是坏了点，可也情有可原，但愿在自己追上前，她别卷进什么麻烦才好。

☆

据说，那条如脊柱般纵贯仙国南北的灰黑色山脉曾是一个巨人，他是如此硕大沉重，以至于有一天，在耗尽了移动和生存的能量后，他在平原上伸展开四肢，陷入沉沉的睡眠，每两次心跳都相隔数个世纪。倘若真有其事，那也该在很久很久之前了，那会儿世界尚处于第一纪元，天地间满是石与火、水与风。倘若这不是真的，也少有得以活下来道明真相的见证者了。无论是真是假，人们还是将山脉中的四座大山命名为头山、肩山、腹山和膝山，把南边的丘陵叫作脚丘。山脉相接处有山垭口，一处位于头山和肩山间，就是脖子的位置，另一处紧贴腹山南部。

原始山林中栖息着许多野生生灵：板岩色的侏儒，长毛野人，迷路的野怪，野山羊和矿藏守护神，隐士和流亡者，还有偶尔现身的山顶女巫。这条山脉在仙国算不上高大险峻，但对独行者来说也难以翻越，休恩山才称得上高山，风暴堡就位于其山巅。

这几天来，巫后穿行过腹山南部的山路，正等候在山垭入口处。她的羊被拴在荆棘丛上，正心不在焉地嚼食着灌木。她坐在解下了牲口的双轮羊车旁，在一块磨刀石上打磨刀具。

刀具都挺古老的：骨制的刀柄，火山玻璃打磨而成的刀片，呈黑玉色，冻结着永不消解的白色雪花纹。共有两把刀：小点的那把是短柄切肉刀，沉重而坚硬，能刺穿胸腔，把肉切成带骨的大块或片状；另一把刀刃细长，犹如刺刀，用来剜出心脏。当刀片够锋利时，她能用任意一把划破你的喉咙，你却感觉只是被一根轻若无物的发丝拂过，温热的血就悄无声息地流淌开来。巫后收起刀，开始准备工作。

她走到山羊跟前，各自在它们耳边低声念了个词。

两只山羊原本站立的地方，现在站着个下巴留白胡子的男子，还有一个带点男孩子气、目光呆滞的年轻女人。两人都默不作声。

巫后在马车边弯下腰，也对它低语了几个词。马车纹丝不动，巫后气得在岩石上直跺脚。

“我老了。”她对两个仆人说，两人没有作答，看样子是没领会她的意思，“没生命的东西就是比有生命的顽固，他们的灵魂更老更蠢，难以塑造。如果我能重返青春……唉，想当初，我能把群山变为瀚海，让云彩化作宫殿。我能用河滩上的鹅卵石让城市变得人丁兴旺。若我能再次年轻……”

她叹息着举起一只手，指尖闪起一缕摇曳的蓝焰，待她垂下手，俯身触碰马车时，火焰消失了。

她站起身，黑亮的发间多了几缕灰发，眼睛下也有了暗沉的眼袋。马车不见了，她正站在垭口边的一家小客栈前。

远方打了声闷雷，闪电无声地划过天际。

客栈的招牌在风中摇晃，嘎吱作响，上头绘有一辆双轮羊车。

“你俩，进去。她正往这儿骑来，一定会通过这个垭口。我只要确保她进了客栈就好。”女巫转向下巴留有白胡子的男人。“你是比利，这家客栈的主人，而我就是你的妻子。”她指着布莱威斯所变的失神女子，“你是我们的女儿，兼厨娘。”

又一阵雷声在山巅回响，比上回更响亮。

“马上要下雨了，”女巫说，“我们准备生火吧。”

☆

特里斯坦能感受到星星就在他们前头，正稳步前行着，自己就快赶上她了。

令他松了口气的是，黑色马车一直跟随着星星。有一回路分岔了，他特别担心会走错，他都打算好了，若真是这样就下车独自前行。

他的同伴勒住马，费劲地翻下驾驶座，取出那几片符石。占卜完后，他又爬了上来，驱车驶向左岔路。

“冒昧地问一句，”特里斯坦说，“能告诉我你在追寻什么吗？”

“我的命运。”那人停了停，“我的统治权。你呢？”

“我冒犯了一位年轻小姐，我想弥补自己的过失。”他心里清楚这是真心话。

驾车人哼了一声。

浓荫飞速变薄，树木也愈加稀疏。特里斯坦仰视着前方的群山，倒吸了一口气：“天哪！”

“等你年纪再大些，一定得来参观我的城堡，它高悬在休恩山的峭壁上，从那儿能俯瞰崇山峻岭，而这些，”他比画了下眼前腹山的高度，“不过是小山丘罢了。”

“说真的，我想回石墙村当个牧羊人度过余生，因为我受了过多的刺激，像蜡烛啊，树啊，年轻女孩还有独角兽之类的。你的好意我心领了，谢谢你的邀请。如果你来石墙村，请一定到我家来，我会给你羊毛衫、羊乳酪，还有够你吃到撑的炖羊肉。”

“你太客气了。”道路变得好走了些，满是碾碎的砂砾和大小不一的石子。驾车人把马鞭挥得噼啪响，驱策四匹黑色雄马跑得再快些。“你说你看见过独角兽？”

特里斯坦本想把关于独角兽的见闻一股脑儿全说出来，但他仔细一想，便只是说：“它是最高贵的野兽。”

“独角兽是月亮的走兽，”驾车人说，“我一只也没见过。据说它们服侍月亮，依她的吩咐行事。明晚我们就能登顶了。今天太阳落山后咱得停下歇歇，你想睡可以睡在马车里，我呢，就睡火堆边。”他的语气毫无波动，但一阵强烈的直觉闪过特里斯坦的脑海，这人有所恐惧，直抵灵魂深处的恐惧。

那天夜里，山顶上雷电交加。特里斯坦睡在马车的皮垫上，头枕一袋燕麦。他梦见了幽灵、月亮和繁星。

黎明时分，突然下起雨来，天空像是变成了一片湖。乌压压的云遮住了山脉，猛烈的雨势下，特里斯坦和驾车人把马套上车，再次上路。遇到的都是上坡，马儿跑起来还不如走来得快。

“你可以进车厢，我们不必都淋得湿透。”驾车人说。他们早穿上了油布雨衣，是在驾驶座下面找到的。

“自打我第一次落水，”特里斯坦说，“我就没再这么浑身湿透过。我还是待着吧，两双眼睛两双手总归省力些。”

他的同伴嘀咕了一声，用湿冷的手抹去眼皮和嘴上的雨水。“你真是个傻小子，不过我还是很感激你。”他将缰绳换到左手，伸出右手，“我是风暴堡的大儿子，普莱默斯勋爵。”

“特里斯坦，特里斯坦·索恩。”他觉得这个男人有权得知自己的真实姓名。

两人握了握手。雨越下越猛，小路都成了河流，马只得以最慢的速度前行。滂沱大雨就像最浓厚的雾，完全遮蔽了视线。

“有一个男人，”普莱默斯勋爵大喊着让声音穿过雨幕，以防字句被狂风从嘴边吹跑，“他高高的，长得有些像我，但是更瘦，有点像乌鸦。他的眼神看似无辜呆滞，实则暗藏死亡。他叫赛普蒂默斯，是我父亲的第七个儿子。你要是看见他就跑开躲起来。他和我有过节，是冲我来的，可你要是挡了他的道，他会毫不犹豫地杀了你，或借你之手杀了我。”

一阵狂风将雨水灌进特里斯坦的脖子。

“你不可能见过比他更危险的人。”

特里斯坦默默地凝视着大雨和渐渐聚集的黑暗，路面越来越难看清。老大再度开口：“要我说，这场暴雨不太自然。”

“不太自然？”

“或者说胜于自然，超越自然。我希望沿途能遇上个客栈。马儿要歇息，我也想要张干爽的床、一炉温暖的火和一桌好菜。”

特里斯坦连连称是。他俩并排坐着，湿成了落汤鸡。特里斯坦挂念着星星和独角兽，她现在该是又冷又湿。他担心她的伤腿，一定颠簸得酸疼不已。都怪他，他心里很不好受。

“我是有史以来最不幸的人。”当他们停下给马匹喂食潮湿的燕麦时，他对普莱默斯勋爵如是说。

“你还年轻，又在恋爱，每个像你这样的年轻人都是有史以来最可怜的人。”

特里斯坦很好奇，普莱默斯勋爵是怎么猜到维多利亚这么个人的。他想象自己回到了石墙村，在客厅烧旺的火炉前，向维多利亚详述自己的冒险历程，可所有的故事听来都有些平淡乏味。

从黎明起天色就阴沉沉的，而现在已近乎全黑。前方依旧是上坡。雨势减弱了片刻，可随即又变本加厉地倾倒下来。

“那儿是不是有灯光？”特里斯坦问。

“我什么都没看到。也许是鬼火，或是闪电……”拐了个弯后，老大改口道，“是我错了，的确有灯光，好眼力啊！小伙子。不过山里也有些邪门的东西，但愿客栈里的人是友善的吧。”

马匹撒腿跑起来，目的地近在眼前。一道闪电映照出两侧陡峭的山崖。

“我们真走运！”老大低沉的声音宛如雷电轰鸣，“是家客栈！”

第七章

双轮羊车客栈

抵达山垭口时，星星全身湿透，冻得瑟瑟发抖。她很担心独角兽。昨天一整天它都没吃东西，森林里找不到青草和蕨类，遍地都是灰岩和蔫巴巴的荆棘丛。独角兽没打蹄铁，走不来凹凸不平的石子路，何况它还驮着星星，因而脚步越来越慢。

行进间，星星咒骂着这倒霉的一天，她竟掉进这么个潮湿又不友好的世界。从高处俯瞰时，它明明那么温和亲切。回不去了。现在她憎恨这儿的一切，除了独角兽，可她的腿和胯都酸疼难忍，要是能下地一会儿她会更快活些。

经受了一天的暴雨后，客栈的光简直是她坠落后所见的最美好的东西，她心花怒放。“小心脚下，小心脚下。”雨点啪嗒啪嗒打在岩石上。独角兽在离客栈五十码时停了下来，不肯再靠近一步。客栈的门开着，柔和的黄色灯光晕染了整个灰暗的世界。

“嗨，亲爱的，来这儿。”门口传来迎客声。

星星抚摸着独角兽湿漉漉的脖子，柔声安抚，可它却一动不动地僵立在客栈的灯光中，像个苍白的鬼魂。

“你不进来吗，亲爱的？难不成你想站在外头淋雨？”妇人友善的声音温暖了星星，恰到好处的关怀抚慰了她，“你要是饿了，我们就给你拿吃的来。炉火烧得正旺。我们还有满满一澡盆热水，够把你骨子里的寒意都化掉呢。”

“我过不去……”星星说，“我的腿……”

“哎哟，可怜的小东西。我去叫我的丈夫比利背你进来。马厩里有干草和清水，供你的骑兽享用。”

妇人走近时，独角兽一阵躁动。“哎哟，别慌呀亲爱的。我不会靠太近的。毕竟，离我上回摸到独角兽的少女时光已经过去好久了，这一带也好些年没出现过一只了……”

独角兽忐忑不安地跟随妇人进了马厩，一直与她保持着距离。它走进最里头的栏舍，在干草上伏下身。星星从它背上爬下来，湿答答的，好不可怜。

白胡子比利现身了，他态度生硬，二话不说把星星背进客栈，放在一张三角凳上，正对着噼里啪啦的柴火堆。

“小可怜，”一直跟在后面的客栈女主人感叹道，“看看你，湿得活像个小水妖，瞧你身下这摊水。哎呀，你的漂亮裙子都不成样了，你一定冷到骨髓里啦……”她把丈夫打发走，帮星星脱掉滴水的裙子，挂在火炉边的挂钩上。水滴溅到壁炉前滚烫的地砖上，嗞嗞作响。

火炉前有个锡澡盆，女主人在一旁围了圈纸屏风。“你想要怎样的水温？”她贴心地问，“要温的？热的？还是能把皮肤烫得通红的？”

“我不知道。”星星如实回答。她一丝不挂，除了腰间坠着黄玉的银链。面对着纷至沓来的奇遇，她的脑中一团乱麻。“我从没泡过澡。”

“从来没有？”女主人一脸震惊，“哦，可怜的小东西。好吧，那我们别把水弄太烫。你要想再加点热水就只管叫我。厨房的灶上还烧着萝卜呢。等你洗完了，我就给你端来温好的香料红酒和香甜的烤萝卜。”

还没等星星声明自己不吃不喝，妇人已匆匆离开了，留星星一人坐在澡盆里。她那绑着夹板的伤腿搁在外头的三角凳上。起初水还挺烫的，但她渐渐适应了水温，放松下来。自打从天上坠落后，她头一回感到身心舒畅。

“小可爱啊，”女主人回来了，“你现在感觉怎么样？”

“好多了，谢谢你。”

“你的心呢？你的心感觉如何？”

“我的心？”奇怪的问题，可对方的关切又是那么真诚，“它也更愉快，更轻松，不再那么难受了。”

“好，太好了。那我们要让它在你的胸膛里烧得更旺、更炽热，闪耀出灼灼光芒。”

“在你的照顾下，我的心一定会绽放出愉悦的光彩。”

女主人弯下腰，轻抚星星的下巴：“小乖乖，嘴巴真甜。”她宠溺地笑了笑，一手拂过自己灰白的头发。她把一件厚厚的浴袍挂在屏风边上：“这个给你泡完澡穿——哦，别急小乖乖，慢慢洗——它又厚又舒适，而你的漂亮裙子还湿着呢。你想出澡盆时就喊我一声，我立马过来帮你。”她俯下身，冰凉的手指轻触星星的双乳之间，微微一笑：“一颗活力四射的心脏。”

原来在这个蒙昧的世界上也有好心人啊。星星心满意足。外头的山岔口风雨交加，可双轮羊车客栈里却暖洋洋的，舒服极了。

女主人总算在那呆愣女儿的协助下，扶着星星出了澡盆。火光映照在星星腰间的银链上，黄玉熠熠生辉，直到玉石和星星的身体都隐匿在厚厚的浴袍之下。

“小甜心，来这儿暖和暖和。”女主人搀着星星走向一条长木桌，桌子一头摆着一把切肉刀和一把匕首，都是骨质刀柄和黑色玻璃刀刃。星星一瘸一拐地走到桌边的椅子旁坐下。

一阵狂风刮了进来，炉中蹿起绿色、紫色和白色的火苗。门外轰然响起一个浑厚的声音，盖过了暴风雨的怒号。“快来招呼客人！美食！红酒！炉火！马童到哪儿去了？”

客栈主人比利和他的女儿一动不动，只是望着红裙妇人，像是在等她下令。她撇了撇嘴。“等上一会儿——也无妨。”她对星星说，“毕竟，你哪儿也去不了，是吧，亲爱的？别提你那伤腿，狂风暴雨的你也走不成，对吧？”

“谢谢你的殷勤款待，我感激不尽。”星星直率地道出心中所想。

“你自然会感激。”红裙妇人难耐地拨弄着两把黑刀，像是等不及要做什么似的，“等解决掉这些个麻烦事，咱们有的是时间。”

☆

自从踏上仙国之旅后，最令特里斯坦惊喜的非客栈的灯光莫属了。老大喊他搭把手，解下累坏了的马匹，挨个送进客栈边的马厩。最里头的栏舍里睡着匹白马，但特里斯坦没工夫停下细看。

在他心中一隅，有个神秘的声音会告诉他，那些他从未目睹的事物和从未踏足的土地在哪个方向，离他多远。他知道星星就在触手可及的地方，心中既宽慰又紧张。他明白马儿比他更疲乏饥渴，自己的晚饭，还有与星星的会面都可以先放一放。“我去照料马匹，”他对老大说，“不然它们会着凉的。”

高大的男人伸出大手，拍了拍他的肩膀：“好样的，小伙子。我会叫跑堂的给你送杯热麦酒来。”

特里斯坦一边刷马、清洗马蹄，一边想着星星。见面后他该说什么？她又会说什么？他正刷着最后一匹马，走进来一个面无表情的侍女，端着一大杯热气腾腾的红酒。

“放那儿就好。”特里斯坦对她说，“等我忙完了再享用。”侍女将酒放在马具箱上，一言不发地退了出去。

与此同时，马厩尽头的那匹马骤然起身，抬腿踢门。

“乖，别闹！”特里斯坦喊道，“放松点，伙计。我出去找些热燕麦和麦麸给你们吃。”

公马的前蹄内侧卡进一块大石头，特里斯坦小心翼翼地把它挑了出来。小姐，他决定这么说，请接受我诚挚谦恭的道歉。先生，星星会这么回应，我会全心全意地接受。现在让我们一同回你的村子，把我作为爱的信物，献给你的心上人吧……

猛烈的冲撞声打断了他的思绪，一匹硕大的白马（不，他当即意识到那不是马）踢倒了栏舍的门，低垂着角，不顾一切地向他冲来。

特里斯坦抱头扑倒在干草堆上。

过了好一会儿，他抬起头，见独角兽正停在大酒杯前，低头将角探入热酒。

特里斯坦笨手笨脚地站起来。红酒冒着热气和气泡，他这才想起：在那些被遗忘已久的童话和民间传说里，独角兽的角可用来检验……

“毒药？”他轻声问。独角兽抬起头，目光直刺他的眼睛，果然如此。他的心在胸腔中怦怦直跳。小客栈周围，狂风像疯狂的女巫般尖声厉啸。

特里斯坦跑向马厩大门，随即又停下脚步，思索了片刻。他在上衣口袋里摸索，掏出那根蜡烛残余的一小块蜡，上头粘着一片干巴巴的铜红色叶子。他轻轻揭下叶子，举到耳边聆听。

☆

“大人，来点红酒吗？”一见老大走进客栈，穿红裙的中年妇人招呼道。

“不必了。”他说，“我这人有点迷信，除非哪天我兄弟冷冰冰的尸体横躺在我面前，不然我只喝自己的红酒，吃自己亲手做的饭菜。这会儿也不例外，还请你别介意。当然，我照样会付你酒钱。不麻烦的话，可否让我把这瓶红酒放到火炉边驱驱寒？我有个旅伴，是个小伙子，他正在照料马匹。他没有像我这样的信条，我有把握，如果你给他送去一杯热麦酒，一定能帮他驱掉骨子里的寒气呢……”

侍女行了个屈膝礼，向厨房小跑而去。

“那么，客栈老板，”老大对白胡子店主说，“在这穷乡僻壤，你的床铺怎么样？有稻草床垫吗？屋里有火炉吗？我发现壁炉前有个澡盆，真是喜闻乐见——如果还有干净的热水，我过会儿想泡个澡，不过为这事儿我顶多付你一个银币。”

客栈主人看向妻子，听她说：“咱们的床都是上品，我待会儿就派侍女在你俩的卧室里生把火。”

老大脱下滴水的黑袍，挂在壁炉边，紧挨着星星那条潮湿的蓝裙子。他转过身，看见坐在桌边的年轻小姐：“还有个客人？在这么个鬼天气，幸会啊，小姐。”正在这时，隔壁马厩传出一声巨响。“马儿受惊了。”老大关切地说。

“也许是被雷声吓到了。”女主人说。

“嗯，可能吧。”老大随声附和。另一样事物占据了他的思绪，他径直走向星星，盯着她的眼眸深处，顿了足足数秒。“你……”他有些迟疑，尔后笃定地说，“你有我父亲的石头，你有风暴堡的力量之源。”

女孩抬眸，天蓝色的眼睛瞪着他：“嗯，那么你就来向我讨啊，这样我也能跟蠢事做个了断。”

女主人急忙赶过来，站在桌子前头，厉声道：“你不能骚扰别的客人，亲爱的。”

老大看向木头桌面上的刀子。他认得出来：在风暴堡的地窖里有些破旧的羊皮卷，上头绘有这两把刀，还记载了名字。它们很古老，自第一纪元起就存在于世了。

客栈前门砰的开了。

“普莱默斯！”特里斯坦大喊着跑进来，“他们想毒死我！”

老大伸手去摸自己的短剑，正当他快够到时，女巫抄起那把长刀，亮出刀刃，动作行云流水，一击刺穿了他的喉咙。

转瞬之间，特里斯坦根本来不及反应。他一进来，先看到了星星、普莱默斯勋爵、店主和他奇怪的一家子，紧接映入眼帘的就是火光下喷溅的鲜血。

“抓住他！”红裙妇人高喊，“抓住那小子！”

比利和侍女飞奔向特里斯坦，正当这时，独角兽冲进了客栈。

特里斯坦赶紧扑向一旁。独角兽抬起后腿，掀起一阵风，一脚踢飞了侍女。

比利低下头，直冲向独角兽，似乎想用前额去顶撞它。独角兽也低下头，客栈主人比利也不幸送命。

“蠢货！”女主人怒吼。她朝独角兽步步逼近，一手一把刀，鲜血染红了她的右手与前臂，如她的裙子一般红。

特里斯坦四肢跪地，匍匐着爬向壁炉。他左手捏着那块蜡，自蜡烛送他到这儿来后就残留下这么点。他在手心不断揉捏蜡块，直到它变软，能够再次塑形。

“但愿能奏效吧。”特里斯坦低语，暗自祈祷树说的话靠谱。

在他身后，独角兽正痛苦地哀嚎。

特里斯坦从上衣撕下一条布，用蜡裹住。

“发生什么了？”星星手脚并用，爬到他身边。

“我也不太明白。”

女巫发出一声痛不欲生的惨叫。独角兽用角刺穿了她的肩膀，把她挑离地面，正得意扬扬地想把她摔在地上一蹄子跺死。说时迟那时快，面色惨白的女巫翻了个身，火山玻璃长刀直取独角兽的眼睛，并深深刺进它的颅骨。

独角兽栽倒在客栈的木地板上，鲜血从体侧、眼睛和张开的口中流淌开来。它先是膝盖撑地，尔后全身瘫倒，一命呜呼。色泽斑驳的舌头从嘴里伸出来，死相凄惨。

女巫把身子从独角兽的角上拔开，一手捂着肩上的伤口，一手提着短刀，摇摇晃晃地站起身。

她扫视整个屋子，目光落到缩在壁炉边的特里斯坦和星星身上。慢慢地，慢得令人心惊肉跳，她手持短刀，面带微笑，踉跄地向他们走来。

“星星平静时炽热的金色心脏，要比吓坏的小星星明灭不定的心脏好得多。”她的脸上血迹斑斑，语气却出奇地冷静超然，“可即便是一颗惊魂未定的心脏，也远比没有来得强。”

特里斯坦把星星的手握在右手中，对她说：“站起来。”

“我做不到。”

“站起来，不然我们就死定了。”他边说边站起身。星星点点头，将体重压在他身上，吃力地爬起来。

“不站起来就死定了？”女巫念叨着，“哦，小不点，无论坐着还是站着，你们都死定了。认命吧。”她又向两人迈近一步。

“就是现在，”特里斯坦一手抓着星星的胳膊，一手拿着将就捏好的蜡烛，“走！”

他将左手插入火焰。

痛楚，灼热，他几欲尖叫。女巫瞪着他，像看着个疯子。

他临时凑成的烛芯燃烧起来，蓝色的火焰轻轻摇曳，周身的世界开始闪耀。“迈一步，”他乞求星星，“别松开我的手。”

星星勉强迈了一步。

客栈一下子远在身后，女巫的怒吼仍在耳边清晰回响。

他们来到地下，烛光照亮了潮湿的穴壁；他们又探了一步，来到月光下的白沙滩；迈出第三步后，他们立于世界之巅，俯瞰着远在脚下的山冈、林木和河流。

最后一点儿蜡在特里斯坦手中熔化，烫得他无法忍受。余烬也永远消散了。

第八章

天之船之旅

山间曙光初现，持续数日的暴风雨已经止息，空气清凉。

风暴堡最小的勋爵，身量高、乌鸦相的赛普蒂默斯登上山垭口，边走边四下张望，像是在寻找丢落的东西。他牵着一匹矮小粗毛的棕色山地马，在山路拓宽处停下，似乎发现了什么。小径边有一辆破旧不堪的小马车，比翻倒在旁边的羊车稍大一些。附近躺着两具尸体：一头白胡子公山羊，额头沾满血污，老七用脚探了探，拨了拨它的头。山羊额上有一道深深的致命伤口，恰落在双角正中间。山羊边上是个年轻人，面色死滞，宛若生前也是这般了无生气。除了太阳穴上的瘀青，他身上没有致命伤。

几码之外，老七忽然瞅见一具中年男尸半掩在一块岩石后头。尸体脸朝下，一身黑色行头，肌理血色尽失，身下积了一摊血。老七蹲下身，小心翼翼地揪住头发，拎起尸体的头。尸体的喉部被一刀割断，手法老练，从一边的耳朵划到另一边。老七困惑地盯着尸体，原来……

他猛烈地干咳一声，尔后哈哈大笑，高声嘲讽道：“你的胡子！你以为刮掉了胡子我就认不出你了吗，普莱默斯！”

老大的灰色鬼影站在其他兄弟身旁，说道：“你迟早会认出我的，赛普蒂默斯。可你晚了一时半会儿，让我先认出了你。”然而死者的声音不过是刮擦过荆棘丛的晨风。

老七站起身，太阳爬升上腹山东边的最高峰，为他镀上金辉。“那么我就是风暴堡的第八十二任领主了。”他对着地上的尸体自言自语，“高崖地领主、尖峰城执事、要塞守护者、休恩山大君……全都为我所有。”

“脖子上不挂着风暴堡的力量之源，你什么都不是。”老五尖酸地说。

“别忘了复仇。”老二的声音是掠过山垭的疾风，“你得先搁下别的事情，揪出凶手，替你惨死的兄弟报仇，这是血律铁则。”

像是听到了这番话，老七摇了摇头，对脚边的尸体说：“你为什么没再多撑些时日呢，大哥？我本想亲手杀了你，为此我已备好万全之策。当发现你不在‘梦想之心’上后，我还费了好一番功夫，偷出救生艇，继续追踪你的行迹。而我现在得为你惨兮兮的死复仇，完全是为了血统和风暴堡的尊严。”

“看来老七会成为风暴堡的第八十二任领主。”老三说。

“有句谚语奉劝，切忌过早估量尚未破壳的仔鸡值多少钱。”老五说。

老七走到一旁的灰岩边撒了泡尿，走回老大的尸体旁：“若是我亲手杀了你，我会任由你的尸体腐烂败坏。可这回，这份乐趣是属于他人的，因此我要把你带到山巅，让鹰隼啃食干净。”他铆足劲，哼哧哼哧地拉起倒在地上的尸体，抬到马背上。他摸索尸身上的腰带，掏出一包符石，拍了拍尸体的背，说：“兄弟，谢谢你的符石。”

“你若不去向那个割我喉咙的臭婆娘索命，就等着被符石噎死吧。”老大的声音像山间鸟儿迎接新一天的啁啾。

☆

他们肩并着肩，坐在一团厚实的白云上。身下的白云足有小城镇一般大，微微发凉，越往下陷越冰冷。特里斯坦往云中探手，感受到轻微的阻力，但还是伸了进去。白云内部弹性十足、冰凉沁人，既真实又虚幻。低温缓解了掌心的灼痛，让他的头脑更为清醒。

过了一会儿，他开口道：“唉，恐怕我搞砸了一切。”

星星坐在他身边，穿着从客栈老板娘那儿借来的袍子，伤腿搁在面前的雾霭上。过了好一会儿，她才说：“你救了我的命，是吧？”

“我想是这样，没错。”

“我恨你。我早就恨透你了，可都不及此刻恨之入骨。”

特里斯坦在凉得宜人的云团中伸屈烧伤的手指，稍感疲倦，还有点眩晕：“理由呢？”

“因为……”她的声音骤然绷紧，“你救了我的命。这样一来，以我们的律法，你要为我负责，我也要为你负责；你去哪儿，我就得跟去哪儿。”

“这也没那么糟吧？”

“我宁可与凶恶的狼、臭烘烘的猪或沼泽妖怪拴在一起度过余生。”她说得毫不留情。

“其实我没那么不堪，你多了解我后就会明白的。听着，很抱歉我先前绑住了你。也许我们能不计前嫌，从头再来。我叫特里斯坦·索恩，很高兴认识你。”他向她伸出没烧伤的手。

“月亮母亲护佑我。”星星说，“我宁愿跟——”

“好啦。”特里斯坦连忙打断，不想再听到贬损自己的对比，“我说过了，我很抱歉，让我们重新开始吧。我叫特里斯坦·索恩，很高兴认识你。”

星星叹了口气。

离地这么高，空气稀薄寒冷，阳光却暖洋洋的。形态万千的云就像奇幻之都或梦想城镇。特里斯坦能俯瞰到下方极低处的真实世界：阳光洒在细如秋毫的小树上，蜿蜒的细流披上银辉，在仙国的大地上蜿蜒盘绕。

“好不好？”特里斯坦问。

“呵，这真是个天大的笑话，不是吗？你去哪儿，我就得跟去哪儿，即便那会送命。”她用手指搅动云雾表面，漾起层层涟漪。她突然碰了下特里斯坦的手，说：“我的姐妹们叫我依凡妮[1]，因为我是颗晚星。”

“瞧瞧我们，真是绝配。”特里斯坦说，“你摔断了腿，我烧伤了手。”

“让我看看你的手。”

特里斯坦将手从凉云中拉出来：他的手通红一片，手心手背的皮肤烫出一个个水疱。

“疼吗？”

“疼。说实话，可疼了。”

“那挺好的。”

“要是我的手没烧伤，没准你现在已经死了。”听闻此言，星星明理地低下头，有些羞愧。特里斯坦又说：“唉，我把包落在那疯婆娘的客栈了。我们一无所有地站在这儿，除了身上的衣服。”

---

1 依凡妮：*Yvaine*，女子名，含义为 *evening star*，即晚星。

“是坐在这儿。”星星纠正。

“这儿没吃的没喝的，离地起码半里，根本没办法下去，也不能控制云的行进方向。况且我俩都受了伤。我还漏了什么没说吗？”

“你忘了云会消散，化为无物。”依凡妮说，“云就是这样，我见多了。要是再摔落一次，我可活不成。”

特里斯坦耸耸肩：“嗯，看来我们难逃一死了。不过，趁现在身居高空，我们倒可以四处转转。”

他扶起依凡妮，两人在云上摇摇晃晃行了几步。依凡妮再次跌坐在地：“我不行了。你去四处看看吧，我在这儿等你。”

“说话算话？这回不逃跑了？”

“我发誓，以月亮母亲之名发誓。”依凡妮伤心地说，“你救了我的命。”

特里斯坦这才放下心来。

☆

她的头发几乎全灰了，皮肤松弛，喉咙、眼睛和嘴角布满皱纹。尽管身穿鲜艳夺目的血红衣衫，她的脸却毫无血色。衣服在肩部裂开，露出一道极深的伤疤，皱缩纠结，相当骇人。她驾着黑色马车驶过荒原，疾风横扫，将她的头发吹到脸上，疼如鞭答。四匹公马老是绊倒，大量汗水不断从腰窝淌落，血沫自唇齿溢出，可马蹄依旧敲打着寸草不生的泥地。

巫后，也就是最老的莉莉姆，在一块铜绿色尖岩边勒马停下，尖岩如细针般自荒原的湿土拔地而起。随后，像是早已告别第一次（甚至第二次）青春的妇人一样，她颤巍巍地爬下驾驶座，踩上湿润的泥地。

她绕到马车后头，打开车厢门。死去的独角兽耷拉着头，匕首仍插在冰凉的眼眶里。巫后吃力地爬进车厢，掰开独角兽的嘴。它的尸体已经发僵，要拉开下颚非常费力。巫后猛咬舌尖，直到尝到血腥味才松口，痛得堪比锋利金属划过口腔。她含血漱了漱，将血液和唾沫充分混合（她感觉到几颗前齿开始松动了），吐在独角兽斑驳的舌头上。巫后的嘴唇和下巴血迹斑斑。她咕哝了几个不该记录在此的音节，合拢独角兽的嘴，对它说："滚出去。"

独角兽僵硬地抬起头，动了动腿，像学步的新生马驹或幼鹿，抽搐着顶起四足。它半爬半摔地翻出车厢，滚到泥地上，再次立起来。先前在马车上向左侧卧的部位已肿胀发黑，糊满血渍和体液。它跌跌撞撞地向绿岩尖摸瞎前行，到了岩石底部的一个洼坑，前腿跪了下去，拙劣地模仿祈祷者的动作。

巫后走过来，弯下腰，从独角兽眼眶里拔出自己的刀，划开它的喉咙。血液从切口缓缓渗出。她回了趟马车取来切肉刀，使劲劈砍独角兽的颈部，直到它的头与身子分家，滚进岩石的凹陷处。那儿已积满了深红的咸腥血液。

她抓着角拎起独角兽的头，放在它的尸体旁，用灰白的眼睛死死盯着那摊新鲜血液。血泊里有两张脸向外张望：两个老太婆，看上去比她老迈得多。

“她去哪儿了？”一个老太婆气急败坏地问，“你怎么搞的？”

“瞧你干的好事！”第二个莉莉姆说，“你拿走了我们省下的最后一点儿青春，那是很久很久以前，我亲自从星星胸中扯出来的。尽管她不停尖叫扭动，我还是下了手。看你这模样，你已经浪费了大半青春。”

“我离她很近很近，触手可及。”巫后对血泊里的妹妹们说，“但有一只独角兽保护她，我割下了它的头，打算带回来。我们已经许久没有新鲜独角可用来磨粉施法了。”

“让独角见鬼去吧。星星上哪儿去了？”她最小的妹妹问。

“我找不到她了，简直就像她已不在仙国里了。”

一阵沉默。

“没有。”有个妹妹说，“她仍在仙国境内，正要去石墙村的集市，那儿与另一侧的世界一墙之隔。一旦她踏入那个世界，我们就永远失去她了。”

人尽皆知，星星一旦穿过石墙进入凡间，顷刻间就会化作一颗坑坑洼洼的陨石，冰冷而死气沉沉，对她们也再无裨益。

“那我就去狄戈瑞沟候着，那儿是去石墙村的必经之路。”

血池里映照出两个老太婆不以为然的眼神。巫后用舌头舔了遍牙（上头那颗黄昏前就要掉了，她心想，晃得那么厉害），往血泊里啐了口痰。血泊上荡起圈圈波纹，抹去了莉莉姆的一切痕迹，唯独映照出天空和远在天际的暗淡白云。

她把独角兽的无头尸体踢到一边，提起它的头，带上驾驶座放在身旁。她抓起缰绳，抽打桀骜不驯的马匹，马儿疲乏地小跑起来。

☆

特里斯坦坐在卷云之顶，心头纳闷不已：在那些妙趣横生的一便士惊悚小说里，男主角怎么就从没挨过饿？他的肚子饿得隆隆响，手也疼得要命。

他心想：他们的冒险之旅看似一帆风顺，可还有填肚子、疗伤止痛等诸多琐事没提呢。

至少他还活着，风从发间吹过，云像全速前行的西班牙大帆船，飞掠过天空。他俯瞰下方的世界，感受到前所未有的生机与活力。在这片天空和这个世界里，有他从未见过、感受过或了解过的“时间”与“空间”。

他以超然之态审视自己的困境，恰如于高处俯瞰世界。掌心的疼痛也远去了。回想自己的冒险历程和前方的旅途，似乎整件事倏然就变得微不足道、一片坦途了。他在云端站起身，扯着嗓子大喊了几声“喂！”，还脱下上衣在头顶挥舞，虽然觉得自己有点蠢。随后他爬下卷云，在离云层底部十尺远时一脚踏空，跌入软绵绵的雾霭之中。

“你刚才在喊什么？”依凡妮问。

“告诉别人我们在这儿。”

“告诉谁？”

“这可说不准。可就算冲着无人的虚空高喊，也好过不出声，让路过的人错过我们。”

星星这回没吭声。

特里斯坦继续说：“我一直在想，等我办妥一切，也就是说将你带回石墙村，献给维多利亚后，也许我能帮你实现愿望。”

“我的愿望？”

“你想回家是吧？重返高空，在夜里重放光芒。一定有办法的。”

星星抬眸看他，摇了摇头：“不可能的，坠落的星星是回不到天上的。”

“你会是第一个。你要有信心，不然就无从谈起了。”

“这绝对不可能，就像你冲空无一人的空气高喊一样，这与信不信无关，只是事实罢了。对了，你的手怎么样了？”

特里斯坦耸了耸肩：“挺疼的。你的腿呢？”

“也还在疼，可比之前好多了。”

“喂！”一个声音从上方传来，“喂，下面的！你们需要帮助吗？”

阳光下，一艘小帆船金光闪闪，劈云斩浪。一张留着大八字胡的红润脸庞正趴在船舷上，朝下望着他们：“刚才上蹿下跳的是你吗，小伙子？”

“是我。”特里斯坦说，“我们的确需要帮助。”

“好嘞，那么请准备好抓绳子。”

特里斯坦大喊：“恐怕不行，我的朋友腿断了，我的手也受了伤，咱俩都爬不上绳梯。”

“没关系，我们可以拉你们上来。”话音刚落，那人便从船舷甩下一条长长的绳梯。特里斯坦用没受伤的手抓住绳梯，拽稳后让依凡妮先上去，自己跟在后面。船边的脸消失了，特里斯坦和依凡妮抓着绳梯下端不停晃荡。

风吹过天之船，绳梯上下起伏，特里斯坦和依凡妮在空中缓缓打转。

“预备，拉！”几个声音齐声高喊，特里斯坦发觉两人立刻升了几尺。“拉！拉！拉！”每一声吼叫后，他们就会被拉高一些。下方那团云已经看不到了，特里斯坦估摸足有一里多的落差。他未伤的右手紧紧抓着绳子，左胳膊肘钩住绳梯。

又一下猛拉后，依凡妮够到了船舷顶端，有人轻轻抱起她放上甲板。特里斯坦费劲地翻过栏杆，滚落在橡木甲板上。

红脸男子向他伸出手，说：“欢迎登船，这是自由之船‘帕蒂塔’号，我们是一支猎捕闪电的远征队。我是船长约翰尼·阿北利，为您效劳。”他从胸腔深处咳出一声。还没等特里斯坦回应，船长就瞟见了他的左手，大呼：“梅戈！梅戈！你这该死的，跑哪儿去了？快过来！有乘客要照料。小伙子你好，梅戈会治疗你的手。我们六点吃饭，你一定要坐我那桌。”

不一会儿，看上去一脸慌张、顶着一头胡萝卜红爆炸头的梅戈过来了，她将特里斯坦护送到甲板下的船舱，往他的手上抹了一层厚厚的绿色药膏，凉丝丝的，疼痛缓解不少。随后他被领进餐厅，餐厅紧挨厨房（他兴奋地发现这叫舰厨[1]，就和他在航海故事里读到的一样）。

特里斯坦的确与船长同桌用餐，可事实上餐厅里也没别的桌子。除了船长和梅戈外，船上还有五个船员，他们性情迥异，可似乎对滔滔不绝的阿北利船长听之任之。船长一手拿着麦酒壶，另一只手要么抓着粗短的烟斗，要么就在往嘴里塞食物。

菜肴是蔬菜、豆类、大麦熬成的浓汤，特里斯坦吃了个饱

1 舰厨：*Galley*，专指船舰、飞机上的厨房。

足。至于饮品，他从没喝过那么纯净冷冽的水。

船长没问他俩为何会处在云端，他们也没主动提起。特里斯坦的铺位在大副奥德司边上，他是个沉默寡言的绅士，胳膊粗壮，口吃得厉害。依凡妮睡在梅戈的船舱里，梅戈则搬到了吊床上睡。

在此后的仙国之旅中，特里斯坦总会回想起“帕蒂塔”号上的日子，那称得上是他一生中最快乐的时光。船员们会喊他搭把手起帆，时不时还让他掌舵。有时帆船会从山一般大的黑暗风暴云上驶过，船员们便会用一个小铜箱捕捉霹雳。风雨会洗净甲板。每当雨水哗啦啦地淌下脸时，特里斯坦总会一边开怀大笑，一边用右手抓住扶手绳，以免被风暴掀下船舷。

梅戈要比依凡妮高一点儿、瘦一点儿，她借给星星好几件袍子。星星穿得很自在，很高兴每天都有新衣服穿。尽管腿上有伤，她仍常常爬上船头的雕饰，坐看下方的大地。

☆

“你的手怎么样了？”船长问。

“好多了，谢谢你。”特里斯坦的手已结痂消肿，可手指仍在发麻。梅戈的药膏显著缓解了疼痛，促进了伤口愈合。他坐在甲板边缘上，晃荡着腿，望着远方。

“我们将在一周后抛锚靠岸，好储备粮食，载一点儿货物。你们最好在那时下船。”

“哦，谢谢你。”

“你们会离石墙村近一些，但至少还有十周的路程。梅戈说你朋友的腿恢复得差不多了，很快就能走路了。”

他们并肩而坐，船长噗噗地吸着烟斗。他的衣服蒙了一层细灰。没抽烟斗时，他就咬着柄，要不用尖锐的金属工具挖烟斗，要不就往里头填压新的烟草。

船长凝望着地平线，说：“你要知道，我们发现你们并非偶然。是很幸运没错，但说老实话，我们一直在留意你。不只是我，还有许多人。”

“为什么？你们怎么会知道我？”

船长伸出手指，在凝结水汽的光亮木板上勾画出一个轮廓。

“像个城堡。”特里斯坦说。

船长向他使了个眼色：“即便在船上，也别说这么大声。想想那群打探你消息的家伙。”

特里斯坦凝视着他，问：“你认识一个小毛人吗？戴着顶帽子，背了个大包。”

船长在船舷边轻磕烟斗，手一动，抹去了那幅城堡简笔画：“认识。对你返回石墙村之行感兴趣的可不止它一个。这倒提醒了我，你最好告诉那位姑娘，若她不想泄露真实身份，最好给人留下吃东西的印象。时不时吃一点儿，吃什么都行。”

“我从没当你面提过石墙村。当你问我从哪儿来时，我说‘从后头来’；当你问我要往哪儿去时，我说‘到前方去’。”

“好小子，说得一点儿没错。”

又一周过去了。第五天时，梅戈说依凡妮可以拆夹板了。拆掉凑合用的绷带和夹板后，星星扶着船舷，从船头到船尾来回练习走路。尽管仍有点瘸，没过多久她就能顺利走动了。

第六天来了一场剧烈的风暴，他们把六条漂亮的闪电抓进了铜箱。第七天船靠岸了。特里斯坦和依凡妮向自由之船“帕蒂塔”号的船长和船员告别。梅戈给了特里斯坦一小罐绿色药膏让他擦手，也好让依凡妮抹腿。船长给了特里斯坦一个皮革背包，装满了肉干、水果、切碎的烟草、一把刀和一个火绒盒[1]（“别客气，小伙子，反正我们是来采购物资的。”）。梅戈送了依凡妮一条蓝色丝裙，绣着银色的星星月亮（“亲爱的，你穿可比我穿漂亮多了。”）。

在一棵参天巨树之顶，“帕蒂塔”号停靠在十二艘类似的天之船边上。巨树大到足以支撑起树干内的上百座房屋，里头住有人类、矮人、地精、林中隐士和其他更为稀奇古怪的家伙。有阶梯环绕树干，特里斯坦和星星踩着台阶慢慢往下走。脚踏实地的

1 火绒盒：*Tinderbox*，旧时用于点火的盒子，装有干燥的易燃物。

那一刻，特里斯坦舒了口气，可心头又有一些莫名的失落，仿佛在他踏足地面的一刹，有什么美好的东西离他而去了。

足足走了三天，那棵海港树才消失在天边。

他们沿着满是灰尘的大路，朝着日落的方向一路西行，夜里睡在矮树篱边。特里斯坦从灌木丛或树上摘水果和坚果充饥，从清澈的溪流里舀水喝。一路上没遇见别的人。若途经小农场，他们会稍作停留，特里斯坦会打一下午的零工，换些食物和夜宿谷仓时所垫的干草。有时他们会在城镇或乡村小憩一阵，好好洗个澡、吃顿饭（对星星来说是假装吃饭），若付得起房钱，便在客栈里住宿。

在西姆科克山脚镇，两人遇到一帮强人所难的地精，差点儿闹得不愉快，让特里斯坦落得困于地底与地精斗争余生的下场，好在这都被依凡妮的伶牙俐齿化解了。在贝霖海森林，特里斯坦凛然吓退一只茶褐色的鹰隼，它本想把两人抓回巢喂食雏鹰。这个大家伙除了火以外什么都不怕。

在弗柯敦镇的小酒馆里，特里斯坦博得了极高的声誉，因为他背出了柯勒律治[1]的《忽必烈汗》和《赞美诗》第二十三章，以及《威尼斯商人》里“论仁慈”的演说词，还有一首诗，讲一个

1 柯勒律治：*Samuel Taylor Coleridge*，英国浪漫主义诗人、评论家，与华兹华斯（*William Wordsworth*）、罗伯特·萨塞（*Robert Southey*）并称“湖畔派”三诗人。

小男孩站在燃烧的甲板上，他是唯一的生还者。每一首诗都是他在读书时非背不可的，他真是万分感激切丽太太逼他背书的良苦用心，以至于弗柯敦镇的居民们都想让他留下，成为镇上下一任吟游诗人。特里斯坦和依凡妮不得不趁夜色死寂之时，偷偷潜出小镇。这得多亏依凡妮，她说服了镇上的狗，不要在两人潜逃时吠叫（特里斯坦永远也搞不明白她是怎么办到的）。

特里斯坦的脸被晒成了坚果的棕褐色，衣服也褪为铁锈和灰尘的色泽。依凡妮依然白皙如月，不管走了多少里，她的腿还是跛的。

一天傍晚，两人在一片密林边过夜，特里斯坦听到一段从未听过的优美旋律，哀婉而奇异，让他浮想联翩，心中满是敬畏和喜悦。眼前浮现出无限的空间，一个硕大无比的水晶球缓缓转动，驶过无垠的空中殿堂。萦绕耳边的旋律令特里斯坦心荡神驰、不能自已。

也许过了几小时，或仅仅过了几分钟，歌声淡去了。特里斯坦感叹：“太美妙了。”

星星的嘴唇动了动，不由得粲然一笑，双眼闪闪发亮：“谢谢你。直到今天，我才有了唱歌的心情。”

“我从没听过这样的歌。”

“有些夜晚，我会与姐妹们一同唱歌，就像刚才那首一样。歌唱我们尊贵的母亲、光阴的自然法则、闪耀光芒的喜悦和寄身苍天的孤独。”

“真遗憾。”

“别这么说。至少我还活着，所幸我坠落在仙国，遇见你大概也是我的运气。”

“谢谢你。”

“不客气。”星星叹了口气，这回轮到她透过树木的缝隙凝望夜空了。

☆

特里斯坦在寻觅早餐。他找到了几团新生的蓬球菌和一棵丰硕的李子树，熟透的李子几乎被晒成了果干。正在这时，他在灌木丛下头发现一只鸟。

他不打算抓鸟（几周前，他在抓一只棕灰色的大野兔时不幸失手，野兔在森林边停下，扭过头不屑地瞅着他，甩下一句“你就自个儿玩儿去吧”，便活蹦乱跳地钻进了草丛，把他吓得不轻），却被它迷住了。它是只与众不同的鸟儿，同雉鸡一般大，可羽毛色彩缤纷：有鲜艳的红色与黄色，还有耀眼的蓝色。它像是从热带流落至此，误入了这片蕨林。当特里斯坦渐渐靠近时，它惊慌地扑腾起翅膀，发出尖厉的哀鸣。

特里斯坦单膝跪地，柔声安抚鸟儿，向它伸出手。鸟儿的困境一目了然：连接鸟足的银链缠住了盘绕的根茎，它被缚住，动弹不得。

特里斯坦小心地解开银链，将之从树根上拿下来，左手抚过鸟儿乱蓬蓬的羽毛，对它说："好啦，回家去吧。"可鸟儿没有飞走，反倒一歪头，凝视起他的脸来。特里斯坦被盯得有些不自在，也摸不着头脑，便说："快回去吧，有人会担心你的。"他低下身捧起鸟儿。

像是撞到了什么，他突然头晕眼花。尽管一直站在原地，他却像迎头撞上了一堵看不见的墙，身子摇摇欲坠。

"贼骨头！"一个沙哑的老嗓子大喊，"我要把你的骨头变成冰，将你放在火上烤熟！再挖出你的眼珠，一颗安在鲱鱼上，一颗绑在海鸥上，让混淆的双重视觉生生折磨死你！我要把你的舌头变成蠕虫，手指变成刀片，火蚁会让你的皮肤奇痒无比，你每挠一次——"

"别再咒骂我了。"特里斯坦对老太婆说，"我没偷你的鸟。它的链子缠上了树根，我帮它解开了。"

老太婆顶着一头铁灰的乱发，狐疑地瞪着他，随即急切地跑向前抱起鸟儿，对它耳语了几句。鸟儿回以乐音般的奇异鸣叫。老太婆双眼一眯，极不情愿地承认："看来，你也并非满口谎言。"

"我说的一句不假。"特里斯坦话音未落，老太婆和鸟儿已横越了半个林地。特里斯坦采完蓬球菌和李子，折身走回与依凡妮分别的地方。

依凡妮正坐在路边揉腿，伤腿的知觉越来越分明，她屁股疼、腿也疼。有几夜，特里斯坦曾听见她暗自啜泣，要是月亮再派一头独角兽过来就好了，可她不会。

“那可真是不可思议。”特里斯坦将早上的事告诉了依凡妮，以为这事就此结束了。

当然，他错了。几小时后，当两人步行在森林小径上时，一辆油漆锃亮的篷车从后驶来，拉车的是两头灰骡子，驾车的是那个扬言要把他的骨头变成冰的老太婆。她勒住骡子，冲特里斯坦弯起枯瘦的手指，对他说：“过来，小伙子。”

他警惕地走向她，试探道：“你好？”

“看来，我该向你认个错。你似乎说了实话，我刚才太武断了。”老太婆说。

“嗯。”

“让我看看你。”老太婆翻身下车，冰凉的手指挑起特里斯坦柔软的下巴颏。他不得不抬起头，榛色的眼眸对上浑浊的绿眼。“你看起来够诚实。”老太婆说，“你可以叫我瑟莫勒夫人。我正赶往石墙村参加集市，正好想找个男孩帮我照看花摊——我卖玻璃花，天底下最玲珑剔透的东西。你一定能把活干好，可以给你的那只手戴上手套，免得吓到客人。你觉得如何？”

特里斯坦考虑了一下，说了声“失陪”，走回去与依凡妮商量。两人一同走了回来。

“下午好。”星星说，“我们刚才讨论了你的提议，我们觉得——”

“怎么样？”瑟莫勒夫人直勾勾地盯着特里斯坦，“别像个哑巴似的杵在那儿啊！说话！说话！说话呀！”

“我无意帮你照看花铺。”特里斯坦开口，“因为我有自己的事要处理。不过，若你愿意载我们一程，我与我的同伴会付你车费。”

瑟莫勒夫人摇摇头：“那对我来说没什么用。我能自己捡拾柴火，你们只会为我的骡子‘失信’和‘无望’增添负担。我不载客。”她爬上驾驶座。

“可，可我们会付报酬的。”特里斯坦说。

老太婆讥讽地哈哈大笑：“无论你拿什么东西来换，我都不会载你。要不就帮我在石墙村的集市上看花摊，要不就滚蛋。”

特里斯坦触摸上衣的扣眼，感受到那个东西，冰凉而完美，与他一路相随。他将它取了出来，捏在食指和拇指之间高高举起，给那老太婆看：“你说你是卖玻璃花的，那你对这个有兴趣吗？”

那是一朵由绿色和白色玻璃拼成的雪花莲，样式精巧：宛如一大清早刚从草原上摘下，依然挂着露珠。老太婆瞥了一眼绿色的叶子和细密的白色花瓣，大声尖叫：“你从哪儿弄来的？给我！快给我！”她的声音如同丧失伙伴的落网之鸟痛苦的悲鸣。

特里斯坦合拢手指，盖住玻璃花退了几步，大声说：“我突然觉得我很珍惜这朵花，因为这是出发时父亲送我的礼物，于我个人及家庭都有无与伦比的意义。它必定带给了我各种各样的好运，我最好还是留着它。我与我的同伴能走去石墙村。”

瑟莫勒夫人在威胁与哄骗中纠结不已。两种心思针锋相对，赤裸裸在她脸上交替显现。她兀自强忍，险些克制不住，双手环抱住自己，用沙哑的语气说：“好，好，不用着急。我们一定能谈妥的。”

“我不信。”特里斯坦一口否决，“想让我看上眼，那条约必须尽善尽美，不仅要切实保障我们的人身安全，还要约束你的言行举止。你得时刻对我和我的同伴友好相待，不得抱有恶意。”

“让我再看一眼雪花莲。”老太婆恳求。

脚上系着银链的五彩鸟从敞开的篷车门飞了出来，低头观望谈判进程。

依凡妮不由开口：“可怜的小东西，居然被这么绑着。为什么不放了它呢？”

老太婆对她置之不理（在特里斯坦看来是这样），继续对特里斯坦说：“我会载你到石墙村。我以我的尊严与真名担保，一路上绝不会伤害你。”

“也不能因为无动于衷或间接的伎俩，让我或我的同伴受伤。”

“你说了算。”

特里斯坦沉思片刻，真的不敢信任她：“我希望你能发誓，要将我们安然无恙地送达石墙村，并提供一路上的食宿。”

老太婆咯咯直笑，点了点头。她费劲地翻身下车，清了清嗓子，往泥地里吐了口痰：“该你了。”她指了指那摊痰。特里斯坦也在旁边吐了一口。老太婆用脚将两人的痰抹成一片，说：“好，生意谈成了。把花给我吧。”

她脸上的贪婪和渴望显露无遗，特里斯坦这才意识到，自己本能谈成一笔更合算的交易，但他还是把玻璃花给了老太婆。老太婆接过花，咧嘴一笑，露出满口的豁牙。“哦，这应当就是二十年前，那个该死的臭丫头送出去的上等货了。”她抬起头，锐利的老眼盯着特里斯坦，“好，小伙子，告诉我：你知道你一直别在扣眼里的是什么东西吗？”

“一朵花，一朵玻璃花。”

老太婆放声大笑，笑得前仰后合，特里斯坦都怕她笑岔气了。“这是冰冻的魔法，蓄有法力。若经能人之手，便能焕发出不可思议的奇迹。看好了。”她把玻璃花高举过头，缓缓放下，拂过特里斯坦的前额。

那一瞬恍惚迷离，宛如浓黑的蜜糖流经血管，整个世界都变了形。周遭的一切都变得高耸入云，老太婆似乎成了女巨人。特里斯坦的视线模糊又混乱。

两只大手落下来，轻柔地捧起他。“对你来说，这可不是最大的篷车么。”瑟莫勒夫人嗓音低缓，像流动的闷雷，“我会遵守诺言，保护你不受伤，让你在去石墙村的一路上吃饱睡好。”她把睡鼠塞进围裙口袋，艰难地爬上篷车。

“那你打算怎么对付我？”依凡妮问。没有回应，她也不觉得惊讶，径直跟着老太婆上了黑黢黢的篷车。篷车内部只有一间，一个由皮革和松木制成的陈列柜靠在一面墙上，列有数以百计的格架，其中一格铺着柔软的蒲公英，老太婆将雪花莲放了进去。另一面墙边有张小床，边上有个大橱柜，上头开了一扇窗。

瑟莫勒夫人蹲下身，从床下的杂物中拉出一个木笼，掏出口袋里眼皮耷拉的睡鼠放了进去，又从一个木碗里抓了一把坚果、浆果和谷物丢进笼子，再将笼子挂到篷车中央的链子上。

“成啦！食宿齐备。”

依凡妮坐在老太婆的床上，好奇地目睹了全程。她客气地问：“以我的所见所闻为证（你没正眼看过我，甚至没瞥过我一眼，也没和我说过话。你将我的同伴变成了小动物，却没这么对付我），若我没猜错，你既看不到我也听不见我说话，对吧？”

女巫没回答。她爬上驾驶座，坐稳后抓起缰绳。异域鸟轻巧地飞到她身边，嘤嘤啼啭。

“我说话算话，当然问心无愧啦！”老太婆像是在回答鸟儿，“等到了集市的牧草地，我就把他变回来，这不就赶在他回石墙村之前吗？傻丫头，在那之后，我也会让你恢复人形，因为我还没找到一个比你更好的仆人。我可受不了这个碍事的家伙，成天口不择言、问东问西。我可是如实履约了，喂他的可不只是坚果和种子哟。”她紧紧抱着双臂，乐呵呵地前后摇晃。“哦，你早上要很早起来，比我还早。我真觉得那乡巴佬的花比你早些年丢的那朵还要好哩。”

她咂巴了几声，挥动缰绳，骡子缓步走上森林小道。

女巫驾车时，星星就躺在发霉的床上休息。篷车一路颠簸摇晃，穿越森林。车一停下，她就会醒来，在床上坐起身。女巫睡觉时，她就会坐到篷车顶上，仰望漫天繁星。有时女巫的鸟儿会来陪她，她就会柔情满满地爱抚它，毕竟鸟儿知晓自己的存在，这总归是件开心事。但女巫在旁边时，鸟儿就从不搭理她。

依凡妮还要照料睡鼠。小家伙一天到头都在熟睡，头埋在爪子里蜷成一团，一身绒毛又细又软。当女巫下车捡拾柴火或打水时，依凡妮就会打开木笼，轻轻抚摸睡鼠，与它说话，有时还唱歌给它听。尽管她也不清楚睡鼠有没有保留一丝特里斯坦的意识。它用乌溜溜的眼睛盯着她，安然而困倦。

星星的屁股不疼了，现在不用成天走路，她的腿也没那么难受了。她心里明白，自己将要跛脚一生。虽然特里斯坦已极尽所能，可他毕竟不是外科医生，无法将断骨治愈。梅戈也这么说。

偶遇路人时，星星会尽力避开。但她很快发现，就算有人当着女巫的面说起自己（曾有个木匠指着星星，向瑟莫勒夫人询问她的情况），女巫也无知无觉。她似乎感知不到依凡妮的存在，也听不到有关她的一切声音。

就这样，女巫的马车嘎吱嘎吱，载着女巫、鸟儿、睡鼠和星星，走了一周又一周。

第九章

狄戈瑞沟领主之战

狄戈瑞沟是两块白垩高地间一道深深的断口。高地上覆盖着一层薄薄的红土和绿草，土质贫瘠得长不出树来。从远处看，狄戈瑞沟就像绿色丝绒板上的一道白粉笔划痕，据传是狄戈瑞拿铲子一昼夜挖成的。那把铲子曾是一柄利剑，由威兰德·史密斯在从仙国去往石墙村的途中熔化重铸。有人说那把剑是焰形剑[1]，也有人称是巴尔蒙克神剑[2]，可谁都不知道狄戈瑞究竟是谁，想来这传说没准是一派胡言。无论如何，狄戈瑞沟是去往石墙村的必经之路，无论步行或驾车都要由此经过，两侧的白垩就像厚重的白墙，耸立的高地宛如巨人的绿枕头。

在深沟底的小路旁，乍看之下有个枝干拢成的小木堆，凑近

---

1 焰形剑：*Flamberge*，源自日耳曼民族，剑身如火焰般呈波浪形。

2 巴尔蒙克神剑：*Balmung*，德国英雄史诗《尼伯龙根之歌》里屠龙英雄使用的宝剑。

一看，方知是个人工搭建的小屋，介于小棚子和大木帐篷之间。屋顶上开了个小洞，时而有灰色烟气袅袅升腾。

黑衣男人在高地之顶趴了整整两天两夜，监视那个小屋，一逮到机会就凑得更近些。他已确认小屋里住着个上了年纪的老妪：她没人作陪，也没事可干，只能靠拦下过路的落单旅客或车辆马匹来打发时间。

她看上去毫无威胁，可老七作为直系亲属中唯一幸存的男性，自然知道人不可貌相。他心里很清楚，割断老大喉咙的就是这个老妪。

复仇要求一命抵一命，但没规定杀人的手段。以老七的性情，下毒与之再契合不过。虽说刀剑、拳脚和陷阱也是杀人夺命的好办法，可将一小瓶无色无味的清液悄悄混入食物，才是老七的专长。

可惜老妪似乎只吃自己亲手弄的食物。老七寻思要在她门口放一个热气腾腾的派，浇上红苹果块和致命的毒浆果，但他很快打消了这个不可行的念头。他还想过从高地之顶推下一大块白垩岩石，砸破老妪的小木屋，可他没把握能一击命中。他希望自己有更强的魔力。他能凭空定位——一种在家族成员中随机显现的能力，还会施一些小魔法——学来的或偷来的，可现在都派不上用场，根本召唤不出洪水、飓风或闪电霹雳。无奈之下，他只好一刻不停、夜以继日地盯着猎物，活像一只守着鼠洞的猫。

过了子夜，月色虚无，四周一片漆黑。老七蹑手蹑脚地潜到小木屋门前，腰带上挂着根橡木棍，顶端有黄铜钉饰，手拿一盏火炉、一本情诗集和一个黑鸦巢，巢里放着好些松果。他耳朵贴门，听到了规律的呼吸声，夹杂着几句梦呓。眼睛适应黑暗后，背靠白垩岩的小木屋愈发显眼。他溜到房屋另一角，依然盯着房门。

他从情诗集里撕下几页纸，把每首诗揉皱或搓成团，塞进小木屋树枝墙根的缝隙里，又往每团诗页上堵了个松果。随后他掀开火炉盖，用刀从盖上挑起一叠浸过蜡的亚麻碎片，丢进烧着热炭的炉膛。等火烧旺后，他又挑出布片撒到纸团和松果上，鼓起腮帮，向闪烁的黄色火焰吹气，直到墙根燃起。他从鸟巢上拆下干柴扔进火里，噼里啪啦一阵爆响，火势愈来愈烈。干树枝搭成的墙体缓缓冒烟，老七强忍住咳嗽，望着轰然起火的木屋欣然一笑。

老七走回屋门，高举木棍。心里暗自盘算：若这臭婆娘被活活烧死，我的任务也就完成了；要是她被烟呛醒，惊慌失措地冲出房门，我正好一棍子打破她的脑袋，让她连说句话都来不及。她死了，我就复了仇。

“真是妙策。一旦得手，他就能取回风暴堡的力量之源了。”老三在干柴的爆裂声中感叹。

“咱走着瞧吧。”老大的声音是远方夜鸟的哀鸣。

火舌蹿上小木屋，逐渐向木屋两侧蔓延，绽开明亮的橙黄色火焰。没见人从屋里出来。这儿很快成了炼狱火海，层层热浪将老七逼退了几步。他得意地勾起嘴角，放下了木棍。

突然，脚后跟传来一阵刺痛。老七回过身，看见一条眸光清亮的小蛇，猩红的蛇皮映照着火光，毒牙深深插进他的皮靴后跟。他举起棍子猛地击打，可小东西松开口，扭动身子，刺溜一下就蹿到了一块白垩岩后头。

脚后跟的疼痛减弱了些。若那蛇吐了毒液，老七想，那该被皮革吸收了大半。我要扎紧小腿肚，脱下靴子，在伤口处画一个十字，把毒液吸出来。这么想着，他借着火光找了块白垩岩坐下，使劲拔靴子，可怎么都脱不下来。双脚失去了知觉，想必肿胀得厉害。他得赶快把靴子切开。他将脚抬到大腿那么高，突然眼前一黑，如篝火般照亮狄戈瑞沟的火焰骤然熄灭，寒气侵入了他的骨髓。

一个柔软如丝绞绳、甜蜜如毒糖块的声音从身后传来："你烧了我的小屋是想取暖吗？你蹲在门口，是想看这场火称不称我的心意？"

老七本想回答，可他下颚的肌肉绷得紧紧的，牙关僵硬。胸腔中心跳如擂鼓，全然失了节奏，狂野而杂乱无章。他分不清全身的动脉和静脉是在任火焰流经四肢百骸，还是在泵送寒冰。

一个老太婆走进了他的视野。她很像住在小木屋里的那个老妪，但要更老，老得多。老七想清一清疼得流泪的双眼，可他忘了如何眨眼，怎么都合不上眼睛。

“你理应羞愧难当。”老太婆说，“不仅纵火，还对一个可怜的独身老太太施以暴力，要不是她的伙伴好心相助，她只能任人摆布，随便哪个过路的流浪汉都能欺负她。”

她从白垩地上捡起了一样东西，绕上手腕，走回小木屋。屋子奇迹般地完好无损，或是恢复了原样。老七不知是哪种情形，也无心去想。

他的心脏在胸腔中剧烈收缩，忽快忽慢，若他能尖叫出声，他一定会叫得撕心裂肺。痛楚一直持续到黎明，六个兄弟齐声欢迎他的加入。

老七最后一次往下看，看自己扭曲却依旧温热的躯体，以及眼中的神色，旋即转过身去。

他用清晨麻鹬的鸣叫声说：“没有活着的兄弟能让她偿命，我们中也没人能成为风暴堡领主了。走吧。”

待他说完，这地方连一个鬼影都没了。

☆

太阳高挂天空，瑟莫勒夫人的篷车缓慢而艰难地驶过狄戈瑞沟。

她瞧见路旁有间熏得焦黑的破败小木屋。待靠近后，路边有个身着褪色红裙的佝偻老太婆向她招手。老太婆头发花白，皮肤皱缩，还瞎了一只眼。

“日安，好姐妹。你的房子怎么了？”瑟莫勒夫人问。

“现在的年轻人哪。可怜的老婆婆从没害过人，他竟然烧了我的房子以此为乐。不过呢，他很快就得到了教训。”

“可他们从不感激我们的教诲。”

“您说得对极了。”老太婆话锋一转，“亲爱的，告诉我，今天有谁和你一起赶路啊？”

“这与你何干？”瑟莫勒夫人傲慢地说，“你管好自己的事就行了。”

“谁跟你在一起？你要是敢说谎，我就叫大雕把你撕得皮开肉绽，再把你的尸体挂到暗无天日的深渊。”

“你究竟是谁？居然敢这么威胁我？”

老太婆一只眼完好一只眼浑浊，她抬头瞪着瑟莫勒夫人：“我认识你，臭水瑟。闭上你的臭嘴。谁跟你一路同行？”

不管她想不想说，瑟莫勒夫人感到字句脱口而出：“有两头拉篷车的骡子、我自己、一个被我变成大鸟的女仆，还有一个变成睡鼠的年轻人。”

“还有谁？还有别的东西吗？”

“没有。我以姐妹会的盟约发誓。”

路边的老太婆撇了撇嘴，喝道：“快点滚！滚得越远越好。”

瑟莫勒夫人咂咂嘴，拉起缰绳。骡子小跑起来。

阴暗的篷车里，星星躺在小床上酣睡着，全然不知自己刚才与死亡有多近，更不知她逃过的这一劫有多险。

待小木屋和冰天雪地的狄戈瑞沟被抛在身后，在栖木上打盹的异域鸟一仰头，唧唧啾啾地欢叫鸣唱，起劲得很，直到瑟莫勒夫人恐吓再吵就拧断它该死的脖子。即便如此，在安静暗沉的篷车中，漂亮的鸟儿仍在兴奋地咕咕啾鸣，还一度发出纵腹纹小鸮般的叫声。

☆

当他们快到石墙村时，太阳已西沉，刺眼的阳光将世界变为流金。天空、树木、灌木丛，就连小路都在夕阳下闪耀金光。

瑟莫勒夫人在牧草地上勒住骡子，停在要设摊的地方。她解开两头骡子，牵到小溪边，拴在一棵树下。骡子咕嘟咕嘟大口饮水。

牧草地上，随处可见小贩和来客在设摊位、支帐篷、往树上挂布帘。期待的气氛宛如夕阳的霞光，感染了每个人，感染了周围的一切一切。

瑟莫勒夫人钻进篷车，从链子上解开木笼，提到外头的小草丘上放下。她打开笼门，用骨瘦如柴的手指拎出熟睡的睡鼠。“出来吧。”睡鼠用前爪揉了揉水汪汪的眼睛，在已趋暗淡的日光下眨了眨眼。

女巫从围裙里拿出一朵玻璃水仙，轻触特里斯坦的额头。

特里斯坦睡眼蒙眬地打了个哈欠。他伸手抓弄自己乱糟糟的棕发，俯视女巫，眼中快要喷出怒火来：“你，你这个阴险丑陋的老太婆——”

“闭上你的臭嘴！”瑟莫勒夫人尖声喝止，“我把你安然无恙地送达这里，供你吃供你住——如果这还不合你的心意，那关我什么事？你快点给我滚！趁我还没把你变成一条蠕动的毛虫，再一口咬下你的头——如果那不是尾端的话。滚！一边去！”

特里斯坦默数到十，愤愤不平地走开了。他在离矮树林十几步时停下，等星星一瘸一拐地爬下篷车，向他走来。

“你还好吗？”见星星走近，他真诚地问道。

“挺好的，谢谢你。”星星说，“她没为难我。说实话，我觉得她根本没察觉到我在车上。是不是很奇怪？”

瑟莫勒夫人将鸟儿放到面前，用玻璃花触碰它头上的羽毛。鸟儿摇身一变，化作一个年轻女人，她看上去没比特里斯坦大多少，有一头黑色卷发和两只猫咪般毛茸茸的耳朵。她瞟了特里斯坦一眼，特里斯坦觉得那双紫色眼眸分外眼熟，可怎么都想不起来在哪里见过。

星星说：“看来这就是那只鸟的真面目了，她可是个好旅伴呢。”她突然发现，尽管变成了女人，可那缚住鸟儿的银链并未消失，依然绕在她的手腕和脚踝上闪闪发亮。依凡妮指给特里斯坦看。

“没错，我看到了。”特里斯坦说，“真是不幸，可惜我们无能为力。”

他们一同穿过牧草地，走向石墙的裂口。特里斯坦说：“我们得先去拜访我的父母，这么久没见，他们一定非常想我，就像我想念他们一样（老实说，特里斯坦在旅途中压根没怎么想念过父母）。然后我们要去见维多利亚·弗瑞斯特，再往后……”讲到这时，特里斯坦突然闭上嘴，他已不再能接受把星星献给维多利亚的想法。如今在他眼中，星星已不是一件能从一只手递到另一只手的物品，而是一个活生生的人。然而，维多利亚又是他爱过的女人……

思来想去，他下定决心勇往直前，带着依凡妮进村，坦然面对发生的一切。他精神一振，似乎曾是睡鼠的时光不过是一场残梦，就像在厨房的火炉前打了个午盹，而今已再度清醒。他的舌尖仿佛品尝到波洛缪斯先生的上等麦酒。尽管有个闪念令他愧疚，他不记得维多利亚眼睛的颜色了。

当特里斯坦和依凡妮越过牧草地，看到下方石墙的裂口时，又红又圆的夕阳已半隐在屋顶之下。星星犹豫了。

“你真想好了要这么做？”她问特里斯坦，“我有点担心。”

“别怕，你会紧张一点儿都不奇怪。我胃里也翻搅个不停，像吞下了一百只蝴蝶似的。当你在我家的客厅坐下，喝上我妈沏的茶，一下子就会舒心很多——哦，不用真的喝，你可以小口地抿。嗯，我确信为了这么好的客人，同时欢迎儿子回家，我妈定会特意拿出最好的瓷器。”他抓起星星的手紧紧握住，让她放心。

星星看着他，温柔又苦涩地笑了笑，轻声说：“无论你去哪儿……”

年轻人和坠落的星星手牵手，走近石墙的裂口。

第十章

星　尘

人们常常注意到，忽视显而易见的大事就像忽略微不足道的小事一样，在生活中屡见不鲜，而对大事不上心往往会惹出麻烦。

特里斯坦·索恩走向石墙的裂口。自十八年前尚裹于襁褓之时起，这将是他第二次从仙国这一侧穿入石墙村。星星一瘸一拐地跟在他身边。故乡的气味和声音涌进脑海，令他头脑发昏，心潮腾涌。他朝裂口走去，向石墙的守卫点头致意，一眼就认出了他俩：年轻点的男子正无所事事地来回倒脚，喝着一大瓶酒——八成是波洛缪斯先生的上等麦酒。他叫威思顿·皮平，是特里斯坦昔日的同班同学，可两人素来没有交情。另一个年长些的男人正急躁地吸着快要熄灭的烟斗。他是特里斯坦曾经的雇主，“门获与布朗”杂货店的老板杰瑞米·安布罗斯·布朗。两个男人背对着特里斯坦和依凡妮，目光毅然地朝着石墙村，似乎连瞟一眼牧草地上的景象都是种罪过。

“晚上好。威思顿，布朗先生。”特里斯坦彬彬有礼地问候。

两人一惊，威斯顿还将酒洒到了夹克衫前襟上。布朗先生举起木棍，尖端对准特里斯坦的胸口，满脸戒备。威思顿放下麦酒，拿起自己的木棍，挡住裂口。

“站在那儿别动！”布朗先生用木棍示意特里斯坦止步，仿佛他是头野兽，随时都会扑上来。

特里斯坦爽朗一笑：“你不认识我了吗？是我，特里斯坦·索恩。”

正如特里斯坦所想，身为资深守卫的布朗先生没有放下木棍。他上下打量着特里斯坦，从磨破的棕色靴子到乱蓬蓬的头发，再到他被晒黑的脸，轻哼一声，不为所动。“就算你是那个一无是处的索恩，我也不能放你过去，毕竟我们是石墙的守卫。”

特里斯坦眨眨眼：“我也在石墙边站过岗。并没有规定称不能让墙那边的人进村，只要阻止村里人过去就好。”

布朗先生缓缓点头，像在对白痴说话：“就算你是特里斯坦·索恩——虽说我觉得极其可疑，因为你长得和他完全不一样，说起话来也不像。这点姑且先信你。这样一来，你住在村里这么多年，见过多少从牧草地那边过来的人穿过石墙呢？”

“这个嘛，就我所知，一个都没有。”特里斯坦说。

布朗先生露出笑容，恰如以往因特里斯坦迟到五分钟而扣他一上午工资时的神情：“千真万确。没有明文禁止，因为这种事从不会发生。没人能从墙那边穿过来，反正我当班时你休想。好啦，你快点滚吧！小心我一棍子打你头上！”

特里斯坦惊呆了：“你们是存心刁难我吗？嫌我吃的苦不够多吗？不，我已经历经磨难，却在最后关头被一个自命不凡、斤斤计较的杂货商和一个抄过我历史作业的家伙轰了出去……”他正想破口大骂，可依凡妮碰了碰他的胳膊，劝道：“特里斯坦，走吧，你不该和自己人吵架。”

特里斯坦闭上嘴，转过身，一言不发地与星星走上长满牧草的斜坡。四下混杂着形形色色的人，忙着支摊位、挂彩旗、推小货车。一种宛如乡愁的情绪涌上特里斯坦的心头，半是渴望，半是伤感。周围的人恐怕也有同感。特里斯坦感受到，比起石墙村那些身披精纺夹克、脚蹬平头钉靴子的苍白村民，这儿的人倒与他更为相似。

他们停下脚步，旁观一位矮妇人费力地支起货摊，她的腰粗得几乎和身高同宽。那妇人并未开口，特里斯坦便走过去帮她：扛起手推车上沉甸甸的盒子搬到摊位上，爬上高高的梯子往树枝上挂彩带，再从盒中取出沉重的玻璃瓶罐（每个瓶罐都塞着一块黑乎乎的大软木塞，用银色的蜡密封，装着一团缓缓旋转的彩色烟雾）摆到货架上。特里斯坦和矮妇人干活时，依凡妮就坐在旁边的树墩上为他们唱歌，嗓音柔软而纯净，唱那些星星之曲，还有她一路上听来的、学到的民间歌谣。

两人收工时已是掌灯时分，明天的摊子已布置完毕。矮妇人坚持请他们吃饭。依凡妮费尽口舌说服她自己不饿，而特里斯坦倒毫不客气，大快朵颐地吃了个精光。他还破天荒地喝下了大半壶甜丝丝的加纳利白葡萄酒，要说这酒比鲜榨葡萄汁烈不了多少，但对他毫无影响。尽管如此，当矮胖妇人在推车后方清理出一片空地给他们就寝时，他早就醉得倒头就睡了。

那一夜晴朗而寒冷，星星坐在熟睡的男人身边，毫无睡意。这人曾想俘获她，尔后成了她的旅伴。不知不觉间，她心中的恨已消散得不知所终。

身后的草坪一阵翕动。一个黑发女人来到她身边，与她一同低下头，凝视特里斯坦的睡颜。

“他体内仍有一丝睡鼠的特质。”黑发女人说，她看上去比特里斯坦大一些，尖尖的耳朵就像猫一样，“有时我会想，她是把人变成了动物，还是释放了我们心中的野兽？也许在我的天性中，就有一部分是鲜艳多彩的鸟儿。为此我曾深思熟虑，却怎么也得不出个结论来。”

特里斯坦咕哝了几句含糊不清的梦话，动了动身子，轻轻打起鼾来。

女人绕到特里斯坦身边，席地而坐：“他心地很好吧。”

“对，我觉得是。”星星承认。

“我得警告你。如果你离开这片土地，去了那里——”女人抬起纤细的胳膊指向石墙村，腕上的银链闪着光，“若不出我所料，你就会变成在那个世界该有的样子：一块从天而降的冰冷死物。”

星星浑身一颤，可一句话也没说。她伸手越过熟睡的特里斯坦，触摸绕在女人手腕和脚踝上的银链。链子一直通向灌木丛深处。

“你早晚会习惯的。”女人说。

“真的吗？你习惯了吗？”

紫眸望进蓝眼深处，旋即转开：“没有。”

星星放下链子，说：“他曾用一根类似的链子绑住我，又放了我，我就从他身边逃走了。他再次找到我，用良心上的责任束缚我，这比任何锁链都来得牢靠。”

四月的微风掠过牧草地，吹得灌木丛和树林发出冷峻的长叹。猫耳女人将脸上的卷发甩到耳后，对星星说：“你知道吗？你还有一项重大的使命。你拥有不属于你的东西，必须物归原主。”

星星绷紧双唇，问：“你是谁？”

“我刚告诉你了，我是篷车上的那只鸟。我知道你是谁，也知道为什么女巫感知不到你。我知道有谁在寻找你的下落，以及她为什么需要你。我还知道你腰间银链上的黄玉从何而来。知悉这些，加上你的真实身份，我便明白了你所承担的使命。”她俯下身，用纤细的手指拨开特里斯坦脸上的碎发。睡着的年轻人没有一点儿动静和反应。

“我无法相信你，也不信任你。”星星说。一只夜鸟在头顶的树枝间啼叫，黑暗之中，听起来异常孤寂。

“我还是鸟儿时，见过你腰间的黄玉。”女人边说边站起身，“那时你在河里洗澡，我看到黄玉并认了出来。”

“你是怎么认出来的？”

黑发女人摇了摇头，最后看了一眼草地上熟睡的年轻人，便沿原路折返，消失在了茫茫夜色中。

特里斯坦的头发再次不安分地滑落到脸上，星星弯下腰，轻轻拨开发丝，任由手指在他的脸上流连。他依然睡得很沉。

☆

日出后没一会儿，特里斯坦被一大只美洲獾弄醒了。獾用后腿行走，披着淡紫色的旧丝袍。它在特里斯坦耳边不停吹气，见他睁开困倦的双眼后，连忙眉飞色舞地说：“你姓索恩，叫特里斯坦是不是？”

“嗯？”特里斯坦轻哼一声。他嘴里有股口臭，舌苔很厚，口干舌燥。他还想再睡上几个小时。

美洲獾说：“有人在打听你，就在石墙那儿。好像有位年轻小姐想和你说话。”

特里斯坦挺身而起，笑得合不拢嘴。星星睡得正熟，特里斯坦推了推她的肩。她睁开惺忪的蓝眼睛，问：“怎么了？”

“好消息！你记得维多利亚·弗瑞斯特吗？我在旅途中提过她一两次。”

“记得，你说起过她。”

“我现在要去见她了！她就在裂口那儿。”特里斯坦顿了顿，“嗯，你最好还是待在这儿，我不想让她误会。”

星星翻了个身，用胳膊挡住脸，没说什么。特里斯坦以为她又睡过去了，便穿上靴子，到牧草地的小溪边洗脸漱口，接着匆匆穿过牧草地，奔向石墙村。

今早守卫石墙的是教区的牧师迈尔斯，还有酒馆老板波洛缪斯先生，站在两人中间的是个年轻女孩，背对着牧草地。“维多利亚！”特里斯坦喜出望外地大喊，见那女孩转过身，才发现她不是维多利亚（他忽然想起维多利亚的眼睛是灰色的，没错，就是灰色的，他怎么能忘了呢）。年轻女孩穿戴着漂亮的花边礼帽和披肩，泪汪汪地看着特里斯坦，可特里斯坦叫不出她是谁。

年轻女孩激动地说：“特里斯坦！真的是你！他们说你在这儿！哦，你怎么能这样？怎么能这样！”特里斯坦当即明白了这个责备他的女孩是谁。

“路易莎？”他对自己的妹妹说，“我离开的日子里，你真的长大了，从一个小丫头变成了优雅的小姐。”

路易莎从袖管里抽出一条蕾丝花边的亚麻手帕，擤了擤鼻子，轻轻擦拭脸颊。她对特里斯坦说："而你呢，历经长途跋涉，变成了头发蓬乱、衣衫褴褛的吉卜赛人。幸亏你看上去还挺健康的。来，回家吧。"她迫不及待地示意哥哥穿过石墙，到她身边来。

"哦，事情是这样的。威思顿和布朗先生昨晚站完岗后去了'第七只喜鹊'酒吧，威思顿无意间说起他们撞上一个自称是你的邋遢流浪汉，便将他挡在墙外头。他们竟把你拒之门外！消息传到父亲耳中，他二话不说就闯进酒馆，把他俩劈头盖脸给说了一顿。我简直不敢相信他会有那样一面呢。"

"有些人想让你早上就回来，也有些人想让你等到中午。"牧师说。

"不过那些想让你等的人，今早都没轮到班。"波洛缪斯先生说，"他们还传出不少闲言碎语，等我哪天当班时撞见，我一定为你澄清。不管怎么说，见到你回来我真高兴。快过来吧。"他边说边伸出手，特里斯坦热情地与他握手，再与牧师握手。

牧师说："特里斯坦，想必你一定在旅途中大开眼界。"

特里斯坦回想了一会儿，应道："我想是这样，没错。"

"那你下周一定得上我家来。我们会备好茶，听你娓娓道来。你一安顿好就来，如何？"特里斯坦向来对牧师心存敬畏，此刻只有点头的份儿。

路易莎有些夸张地叹了口气，迈开轻快的步子向“第七只喜鹊”走去。特里斯坦沿着卵石道追上她，走在她身边。

“见到你，我心里高兴得不得了。”

“说得好像我们不挂念你似的。”路易莎嗔怪地说，“你在外头游荡了那么久！走的那天都不来叫醒我跟我说声再见。父亲一直记挂着你，老是出神。圣诞节时你不在家，我们吃完鹅肉和布丁后，父亲拿出红酒，向不在场的亲朋好友干杯。妈妈哭得像个小宝宝，我也哭了，父亲也掏出最细软的手帕擤鼻子。外公外婆硬要放圣诞爆竹，读欢乐箴言，却只让大家的情绪变得更低落。说白了，特里斯坦，你把我们的圣诞节搅得一团糟。”

“实在抱歉。”特里斯坦说，“现在我们要去哪儿？去做什么？”

“我们要去‘第七只喜鹊’，这不明摆着吗？波洛缪斯先生说你能用他的会客厅，有人在那儿等你，想和你谈一谈。”走进酒馆后，她便不再多说了。特里斯坦认出了一些熟面孔，有的冲他点头或微笑，有的面无表情。他与路易莎一同穿过人群，走上狭窄的楼梯，脚下的木板嘎吱作响。

路易莎紧盯特里斯坦，嘴唇颤抖着。她突然张开双臂抱了上来，把特里斯坦吓了一跳。她抱得那么紧，都快让他喘不上气了，过后又一言不发地松开，掉头跑下木梯。

特里斯坦敲了敲会客厅的门，走了进去。屋里装饰着好些别致的小玩意儿，比如古色古香的雕塑和陶罐。墙上挂有一根木棍，缠绕着常春藤叶，实则是精雕细刻的深色金属，巧夺天工。不过除这些装饰外，这就是间毫不出奇的会客厅，典型的忙碌单身汉配置：一把小躺椅，一张矮桌上放着一本劳伦斯·斯特恩[1]的布道演说稿，皮面精装，已被翻阅数载。屋里还有一架钢琴和几把皮面扶手椅，维多利亚就坐在一把椅子中。

特里斯坦踱步走到她面前，单膝跪地，就如同那晚在乡村的泥地里那样。

“不，别这样。”维多利亚极不自在，“你快起来，坐到那把椅子上好吗？嗯，好多了。”晨曦穿透上方的蕾丝窗帘，照在她栗色的头发上，为她的脸镶上金边。“瞧你，你都长成男人了。唉，你的手，你的手怎么了？”

“被火烧伤了。”

一开始她一声不吭，只是看着特里斯坦，尔后坐回扶手椅，盯着前方墙上的木棍，或是哪个稀奇古怪的雕塑。她开口道：“特里斯坦，我有好多事必须告诉你，可每件事都难以启齿。如果你能不打断我，听我说完，那我会万分感激。首先，也是最重要的一点，我必须向你道歉。都怪我愚蠢，才把你送上背井离乡的漫长旅途。我以为你只是在开玩笑……不，不是玩笑。我以

1 劳伦斯·斯特恩：*Laurence Sterne*，18 世纪英国小说家、牧师，代表作《项狄传》《感伤旅行》。

为你太懦弱，太孩子气，不会把天马行空的誓言当真。直到你离开，日子一天天过去却一直没回来，我才意识到你是认真的，但为时已晚。

“我……我每天都担惊受怕，怕自己把你推上了绝路。”

她说话时一直盯着前方。特里斯坦感受到，恐怕这番说辞已在她脑海中演练过上百遍。正因如此，她才不让自己插话，一旦偏离腹稿，她便会不知所措。

“我的确待你不公，可怜的小店员……不，你已经不再是个小店员了，是吧？可是，你曾经对我的追求，怎么看都傻头傻脑……”她停了一下，双手紧紧抓住椅子的木扶手，指关节先是泛红，随之发白，“特里斯坦，你想知道那晚我为何不肯吻你吗？”

“你有权不吻我。维娅，我来并不是想让你伤心，我找到星星，也并非想让你困扰。”

她扭头转向一边：“这么说，你找到了那一夜我们看到的星星？”

“没错。星星现在就在牧草地上，你让我做的事，我做到了。”

“那再为我做一件事吧，问我那晚为何不肯吻你。毕竟在我俩小时候，我曾吻过你。”

“好吧，维娅。那一夜，你为何不愿意吻我？”

“因为……在我们看到流星的前一晚，罗伯特向我求婚了。

见你那天，我来店里是想找他，告诉他我愿意嫁给他，并让他去向我父亲提亲。”这一番话说出口，她仿佛卸下了心上的重担。

“罗伯特？”特里斯坦脑中乱哄哄的。

“罗伯特·门荻，你以前在他店里工作。”

“门荻先生？你和门荻先生？”

“没错。”维多利亚鼓起勇气直视他，“之后你把我的话当真，跑去为我带回星星。往后的每一天，我都因干下不可饶恕的蠢事而深深愧疚——我许下承诺，若你带回星星就嫁给你。特里斯坦，有好些日子，我都辨不清哪种情况更糟：是你在石墙那边丢了性命，全然出于对我的爱；还是你狂想成真，带回了星星，让我做你的新娘。不过，村里好多人都劝我不必太过介怀，说你有朝一日免不了会去石墙另一边，你本就是从那儿来的，自然会受天性的召唤。但是，在我内心深处，我明白是自己错了，也知道终有一天，你会归来找我。”

“你爱门荻先生吗？”特里斯坦抓住他唯一听懂的事问道。

维多利亚点点头，仰起脸，漂亮的下巴正对着特里斯坦：“但我已经答应了你，特里斯坦，我会遵守诺言。这事我告诉了罗伯特。我得为你遭受的一切负责——包括你烧伤的手。如果你想要我，我就是你的了。”

“说实在的，要为我经历的一切负责的是我自己，而不是你。尽管我时不时会想念松软的床铺，但我一刻都没有后悔过，也绝不会以曾经的眼光看待睡鼠了。但你并没有承诺，若我带回星星就嫁给我，维姬。”

“我没有吗？”

“没有啊，你答应的是给予我想要的一切。”

维多利亚直起腰，盯着地板，双颊染上一层红晕，红得像挨了一巴掌似的。“我以为——”她正想解释，可被特里斯坦打断了。

“不，我其实没有那么想。你说的是，无论我想要什么，你都会给我。”

“是这样。”

“既然如此……”他顿了下，“我希望你嫁给门荻先生，越快越好——如果安排得过来，何不就在这星期呢？我还希望你们成为有史以来最幸福的男女。”

维多利亚长舒了一口气，看向他：“你说的是真的吗？”

“带着我的祝福嫁给他，我们就两不相欠了。星星应该也这么想。”

敲门声响起，一个男人的声音喊道：“你们谈得可好？”

“挺好的。”维多利亚说，“请进，罗伯特。你还记得特里斯坦·索恩吧？”

“早上好，门荻先生。”特里斯坦握了握对方汗湿的手，“我知道你们马上要结婚了，请接受我最诚挚的祝福。”

门荻先生咧嘴一笑，看上去像在牙疼。他又将手伸向维多利亚，后者从椅子中站起。

“弗瑞斯特小姐，如果你想见星星——”没等特里斯坦说完，维多利亚就摇头打断了他。

“索恩先生，见到你平安到家我很高兴。相信你一定会来我们的婚礼吧？”

“乐意之至。”特里斯坦嘴上这么说，却知这是违心之言。

☆

平日里，“第七只喜鹊”在早餐前并没这么热闹，可今天是集市日，村民和外来客纷纷挤进酒馆，享用盘中堆得像小山那么高的羊排、培根、蘑菇、煎蛋和黑布丁。

邓斯坦·索恩正在酒吧里等特里斯坦，见儿子下楼，便起身迎上去，拍了拍他的肩。“看来你毫发无损地回来了。”他的语气透着骄傲。

特里斯坦觉得自己似乎长高了，在他印象中，父亲还要更高大一些：“好久不见，父亲。我的手受了点伤。”

“你妈妈已经做好早餐，在农场等你了。”

“有早餐真是太棒了，当然再见到母亲也很棒。”特里斯坦由衷地说，“我还有事想问你。”他还在琢磨维多利亚刚说的话。

“你长高了。哦，看来你亟须去趟理发店。”邓斯坦将杯中酒一饮而尽，与儿子一同离开“第七只喜鹊”，步入晨曦。

两位索恩翻过篱笆，踏上邓斯坦的农场，穿过特里斯坦儿时玩耍的牧草地。他提出了困扰自己多年的疑问——自己的身世之谜。在走向农舍的长路上，父亲向他一五一十地讲述了自己的往事，仿佛在讲一个别人的故事——一个爱情故事。

特里斯坦回到了久违的家，妹妹正在等他。炉子和桌上都放着热气腾腾的早餐，是他原以为的亲生母亲为他精心准备的。

☆

瑟莫勒夫人摆好小摊上的最后一朵玻璃花，冷眼望着集市。刚过正午，游客开始四处游逛，可没人在她的摊位前停下脚步。

“九年一度，来的人越来越少啦。”她说，“要我说，再过不了多久，这集市就要只剩下回忆了。毕竟还有别的集市、别的市场。这儿气数已尽，再过四五十年，顶多六十年，就要彻底消失了。”

“也许吧。”她的紫眼女奴说，“不过跟我都没什么关系，这是我最后一次参加集市。”

瑟莫勒夫人瞪了她一眼：“我还以为，过了这么长时间，我早就磨灭了你的傲气哩。”

“这才不是傲气，你瞧。”女奴举起缚住自己的银链。链子闪着光，却比先前更细、更透明，仿佛不是由银，而是由烟雾构成的。

“你做了什么好事？”老太婆唾沫星子乱喷。

“我什么都没做，该做的我十八年前都做了。我被你束缚为奴，直到有一天，月亮失去女儿，一周中又出现两个星期一，我就会重获自由。”

☆

下午三点过后，星星坐在牧草地上，旁边是波洛缪斯先生卖红酒、麦酒和小吃的小摊。她凝视着石墙的裂口和后头的村庄，时不时有光顾小摊的人请她品尝红酒、麦酒或油光光的大香肠，她一律婉言谢绝。

“你在等人吗，亲爱的？”平淡的午后，一个俏丽的姑娘这么问星星。

“我也不知道，大概是吧。”

“是个小伙子吧，若我没猜错，他一定像你一样惹人喜爱。”

星星点点头：“算是吧。”

“我叫维多利亚。维多利亚·弗瑞斯特。”年轻女子说。

“我叫依凡妮。”星星自上而下又自下而上打量维多利亚，“这么说，你就是维多利亚啊。久闻大名。”

“你也听说了我的婚礼？”维多利亚的眼中满是骄傲与喜悦的光芒。

“婚礼？”依凡妮伸手摸向腰间，抚弄银链上的黄玉，又看了眼墙上的裂口，瘪了瘪嘴。

“呀，你真可怜！他真不是个东西，居然让你等这么久！”维多利亚说，“你为什么不自己穿过去找他呢？”

“因为……”星星欲言又止，“是啊，也许我的确该自己过去。”头顶的天空布满一绺绺或灰或白的云，露出片片蓝天。“我希望母亲能出来，我好先和她道个别。”她吃力地站起身。

但维多利亚不想那么轻易让新朋友离开，她闲扯个不停：结婚公告啦，结婚证啦，唯有大主教能颁发的特别证书啦。她还说自己实在幸运，因为罗伯特认识大主教。婚礼似乎安排在六天后的中午。

随后，维多利亚叫住一位仪表堂堂的绅士。他两鬓斑白，抽着黑色雪茄，笑起来像在牙疼。“这是罗伯特。”维多利亚介绍道，“罗伯特，这是依凡妮，她在等男友。依凡妮，这是罗伯特·门获。下个星期五中午，我就要变成维多利亚·门获啦。亲爱的，也许你能在婚宴上这么致辞——在这个星期五，同时出现了两个星期一[1]！”

---

1 门获即 *Monday* 音译，意为星期一。

门荻先生猛吸一口雪茄，向未婚妻郑重表示自己会认真考虑。

“这么说来，”星星斟酌用词，“你不是要嫁给特里斯坦·索恩咯？”

“对啊。”维多利亚说。

“哦，太好了。”星星又坐了下去。

☆

几小时后，当特里斯坦穿过石墙回来时，星星仍坐在原地。特里斯坦精神恍惚，可一见她便打起了精神。“嗨，等我的这段时间过得可好？”他边说边扶星星站了起来。

“不太好。”星星说。

“对不起。我该带着你进村的。”

“是的，但你不可以，我只能活在仙国。若我踏入你们的世界，顷刻就会变成一块从天空坠落的冰冷陨石，还是坑坑洼洼的。”

“可我险些就带你进去了。”特里斯坦一阵后怕，“昨晚我就试着……”

“没错。这再次印证你是个不折不扣的傻瓜、呆子……白痴！”

“还有大笨蛋。”特里斯坦补充，“你总喜欢喊我大笨蛋，还有猪头。”

“哼，你就是这些东西的总和，有过之而无不及。你为什么让我等这么久？我还担心你遇到麻烦了呢。”

“抱歉。我不会再离开你了。”

“嗯，你不会的。”星星认真而笃定地说。

特里斯坦牵起星星的手，两人手拉手逛遍集市。一阵狂风刮来，掀起旗帜和帐篷的帆布，冰凉的雨滴噼里啪啦落在他们身上。他们到一个书摊的遮篷下躲雨，身边还有别的人和生物。书摊主吃力地将一大箱书挪到篷布下，以免被雨淋湿。

“鱼鳞天，鱼鳞天，湿不久也干不久。”一个头戴黑色丝绸大礼帽的绅士对特里斯坦和依凡妮说。他向书摊主买了一本红色封皮的小书。

特里斯坦笑着对他点点头，见雨势明显变小，便与星星动身离开了。

“我打赌，他们对我的感谢仅此而已。”大礼帽绅士对书摊主说。书摊主完全不知其所云，也无意过问。

“我和家人道过别了。”特里斯坦边走边对星星说，“向我的父亲，母亲——或许我该称她为父亲的妻子，还有我的妹妹路易莎。我不打算再回去了。现在我们只须想办法将你送回天上，兴许我能跟你一起去。”

“你不会喜欢待在天上的。”星星婉言道之，“听说……你不娶维多利亚·弗瑞斯特了。”

特里斯坦点点头。

“我刚见到她了，你知道她怀着小宝宝吗？”

“什么？”特里斯坦一脸震惊。

“我猜她自己还不知道呢，一两个月了。”

“天哪，你是怎么知道的？”

这回轮到星星耸肩了。她说：“你知道吗？当得知你不会与维多利亚结婚时，我有多快活。”

“我也有同感。”特里斯坦也坦言相告。

雨又下了起来，这回他们没去避雨。特里斯坦将星星的手捏在掌心，听她说：“你说，一颗星星和一个凡人……”

“确切来讲，是半个凡人。”特里斯坦接过话，“我曾设想的一切——我是谁，我是什么，都是谎言，要么半真半假。你都无法想象，在得知真相那一刻，我有多么解脱。”

“无论你是什么，我想先挑明一点，我们可能永远不会有孩子。”

特里斯坦看着星星，淡然一笑，什么都没说。他用双手抓住星星的上臂，站在她身前，低头看着她。

“你知道了就好。”星星倾身拥住他。

在凉丝丝的春雨中，他们第一次接吻，对漫天飞雨浑然不觉。特里斯坦的心怦怦直跳，仿佛盛不下呼之欲出的喜悦。忘情拥吻之时，他睁开眼，对上星星天蓝色的眼睛，她的眸中诉说着不离不弃。

☆

银锁链化作烟雾，上一瞬还悬在空中，一阵强劲的风雨刮过，便消散得无影无踪。

一头黑色卷发的女人像猫一样伸了个懒腰，微笑着说："我的奴役期终止了，你和我自此断绝关系。"

老太婆无助地看着她："那我可怎么办？我老了，没法一个人打理摊子。你这个心肠歹毒的蠢婆娘，居然这么狠心地抛弃我。"

"你的难处与我何干？"她曾经的女奴说，"不过从今往后，再也没人能叫我蠢婆娘、奴隶或任何非我真名的称呼。我是乌娜女爵，风暴堡第八十一任领主的头生子，也是他唯一的女儿。你束缚我的魔咒已经失效。现在你必须向我道歉，叫我的真名。不然的话，我可有十足的干劲追捕你一生，毁掉你在意的一切和你变成的任何东西。"

她们互相瞪视，片刻后，老太婆先转开了脸。

"乌娜阁下，我为曾叫你'蠢婆娘'而深感愧疚。"她一字一顿，仿佛每个字眼都是吐出来的苦木屑。

乌娜女爵点点头："很好。眼下你我关系已尽，你必须偿付我多年的辛劳。”这些事自有规矩，万事万物皆有规矩。

☆

雨依旧一阵阵地下，偶尔停歇，可还没等人们从避雨处撤离，便再次倾倒而下。特里斯坦和依凡妮坐在篝火边，全身湿透但心情雀跃，与一群各形各色的人和生物相伴。

特里斯坦问他们有没有见过一个小毛人，并尽量如实地描述了它的面貌。有人称曾与它打过照面，可没人在集市上见过它。

特里斯坦的手不由自主地伸进星星的湿发，揉搓缠绕，自责为何过了这么久，才发觉自己如此在意她。他把这想法告诉星星，星星骂他“白痴”，他却宣称，男人被叫作白痴是此生最高的殊荣。

“那么，集市结束后我们去哪儿呢？”特里斯坦问星星。

“我不知道，但我还有一项使命没有完成。”

“使命？”

“没错。就是我给你看过的那块黄玉，我要将它交还给正主。上回那人现身了，却被客栈老板娘割断了喉咙。因此黄玉还在我手上，我真希望能快点送出去。”

一个女人的声音从特里斯坦肩后传来：“特里斯坦·索恩，向她要那个东西。”

特里斯坦转过身，望见一双眼睛，颜色像草原上的紫罗兰。“你是女巫篷车里的那只鸟儿。”他对女人说。

“当时你还是只睡鼠，我的儿子，而我则是鸟儿。”女人说，“如今我已恢复原形，告别了苦役生涯。向依凡妮要那个东西，你有这个权利。”

他转向星星：“依凡妮？”

星星点点头，等着他往下说。

“依凡妮，你愿意将那样东西给我吗？”

星星一脸困惑。她探进袍子，小心翼翼地摸出一大块黄玉，上头挂着一根断裂的银链。

“这是你外祖父传下来的。”女人对特里斯坦说，“你是风暴堡一脉仅存的男性后裔，把它挂到脖子上。”

特里斯坦照做。当他搭上银链两端时，接口处自发缠绕复原，变得平滑如新。“好厉害。”他半信半疑地说。

“这是风暴堡的力量之源，没人胆敢置疑。你拥有血统，而你的舅舅们都已魂归故里，你会成为风暴堡的新一任明君。”

特里斯坦大惑不解地盯着母亲：“可我不想统治任何地方、任何事物，除了我爱人的心。”他拉起星星的手贴到胸口，微微一笑。

女人不耐烦地扭动耳朵：“特里斯坦·索恩，十八年来，我从未有求于你。可现在，我提出的第一个再容易不过的请求，请你帮一个小之又小的忙，你竟对我说‘不’。我问你，特里斯坦，这是你对母亲该有的态度吗？”

“不，母亲。”

“那就好。”她欣慰地说，“我觉得你们年轻人最好还是有个家、有份工作。若这份动作不适合你，你大可以离开，毕竟银链无法将你绑在风暴堡的王座上。”

特里斯坦顿时安下心来，可星星却未释怀。她知道银链能自如地伸缩变形，可她也明白，初次相认就与特里斯坦的母亲起冲突，并非明智之举。

“我能否有幸知晓您尊姓大名？”依凡妮问。她还怕这番措辞过于恭敬，可见特里斯坦母亲自得而受用的样子，便知没有。

“我是风暴堡的乌娜女爵。”特里斯坦母亲边说边摸进身侧的小包，取出一朵深红的玻璃玫瑰，在火光下近乎发黑，“六十年来的苦役生涯啊。虽说给出这朵玫瑰令她恼羞成怒，但规矩就是规矩，她若不给便会失去法力以及更多东西。而现在，我打算用玫瑰换一顶轿子，载我们风光体面地抵达风暴堡。哦，我太想念风暴堡了。我们得有马夫、骑行护卫，也许还要再来头大象——大象开道，气势磅礴，还有谁胆敢挡道……”

“我不要。”特里斯坦说。

“不要？”他母亲反问。

“不要。”特里斯坦又说了一遍，“母亲，你可以随你所愿，乘轿子、大象、骆驼或别的东西回风暴堡。但依凡妮和我要自己过去，用双脚走过去。”

乌娜女爵深深吸了口气。依凡妮觉得自己该回避这场争执，便起身说要去四处走走，不会走太远，一会儿就回来。特里斯坦用祈求的眼神挽留她，但她摇摇头：这是他必须赢得的战争，若自己不在场，他会表现得更好。

她跛着脚走进渐渐昏暗的集市，在一个帐篷边停下脚步。帐篷里传出乐音和鼓掌声，光像温暖的金黄色蜂蜜，流泻而出。她听着音乐，想着心事。路边有个头发花白的驼背老太太，一只瞎眼蒙着蓝灰的翳，她颤巍巍地向星星走来，请星星停下来聊一聊。

“有什么事吗？”星星问。

老太婆的身形已随岁月缩成孩童般大小。她拄着一根同自己一样高、一样弯的拐杖，骨节肿大的手不听使唤地颤抖。她那完好的眼睛和浑浊的瞎眼双双盯着星星，开口道：“我来取走你的心。”

“真的吗？”

“对，我差点儿就得手了，在山垭口那里。”老太婆陷入回忆，喉音沙哑，“你还记得这个吗？”她背上有个驼峰似的大袋子，伸出一根象牙色的螺纹角，依凡妮一眼便认了出来。

“是你？”星星问瘦小的老太婆，“你，拿刀的那个？”

“没错，就是我，可我耗尽了为旅行而备的全部青春，每施展一次魔法就会消耗一些。我从没有像现在这么衰老过。”

“如果你敢碰我，哪怕只用一根手指，你都会后悔莫及。”

“等你到了我的年纪，就会理解什么叫后悔，也会明白，从长远看来，这儿那儿多一点后悔也算不了什么。”老太婆用力吸了口气。她的红裙几经缝补，数年来已褪尽色彩。一边肩膀上的布料垂落下来，露出一道皱缩的伤疤，像是千百年前的陈年旧伤。“我想问你，为什么我在脑海中再也找不着你了？你依然存在，却像一道鬼影、一缕云烟。不久前你烧伤了——你的心烧伤了，如一团银火浮现在我脑中。可自客栈那晚后，影像就变得支离破碎、暗淡无光，而现在已完全消失了。”

对这个曾想取她性命的老婆婆，依凡妮心中只剩下怜悯。她说：“或许你苦苦寻找的心，早已不再属于我了呢？”

老太婆不住地咳嗽干呕，浑身抽搐。

星星等她平复下来，才说：“我已将自己的心给了别人。”

“那个男孩？客栈里那个？带着独角兽的？”

“没错。”

“你应该将心交给我，让我带回去。我和妹妹们便能再次焕发青春，一直活到下一个纪元。你的男孩只会让你心碎，糟蹋你的心，或把它弄丢。他们都那副德行。”

“话虽如此，他已得到了我的心。”星星说，“希望你空手而归时，你的妹妹们不会太为难你。”

就在这时，特里斯坦向星星走来，握住她的手，向老太婆点头致意。他对星星说："都解决了，没什么可担心的了。"

"那轿子呢？"

"我母亲会乘轿子回去。我向她保证，我们迟早会抵达风暴堡，但路上要慢慢来。我想我们得先买两匹马，再一路走，一路欣赏沿途风光。"

"你母亲同意了？"

"她最后松口了。"特里斯坦愉快地说，"真不好意思，刚打断了你们。"

"我们差不多说完了。"星星转向矮小的老婆婆。

"我的妹妹们会残忍无情地对待我。"年迈的巫后说，"不过，谢谢你的关心。你的心真善良，孩子，可惜它不属于我。"

星星弯下腰，亲吻老婆婆枯瘦的面颊，干硬的头发擦疼了她柔软的嘴唇。

星星和她的心上人朝石墙走去。

"那个老太婆是谁啊？看上去挺面熟的。"特里斯坦问，"没什么不对劲的地方吧？"

"没有啦，她只是我在路边认识的人罢了。"

他们身后是张灯结彩的集市：灯光、烛光、魔光和荧荧的精灵之光，宛若夜空的梦落到了大地上。在他们面前，越过牧草地，在无人看守的石墙那头——是石墙村。油灯、煤气灯和蜡烛的光穿透万家之窗，闪耀跃动。在特里斯坦眼中，就如一千零一夜里的世界那般遥远而不可思议。

他最后一次（这一点他很确定）望向石墙村的灯火，凝视良久，一语不发。从天而降的星星站在他身旁。随后他转过身，和星星一同向东边走去。

尾 声

若干结局之一

失踪良久、生死未卜的乌娜女爵重回休恩山那一天（她在小时候被一个巫婆偷走了），足以载入风暴堡的史册。由三头大象所拉的浩荡车队抵达风暴堡后，欢庆的烟火与宴会（官方及非官方的）一连持续了好几周。

乌娜女爵宣称，她的两个兄弟可能已经死亡，而自己在外出时诞有一子，他将继承风暴堡的王位。听闻此言，举国上下一片欢腾，盛况空前。她告诉民众，她儿子已将风暴堡的力量之源挂在了脖子上。

他和他的妻子不久便会抵达，尽管乌娜女爵也不知确切时间，这似乎挺令她恼火的。同时，在两人未到之前，乌娜女爵宣布自己将摄政统领风暴堡。她这么做了，还做得相当不错，休恩山及所属领地在她的统治下，全都兴旺昌隆起来。

三年多后，风暴堡山脚下的排云镇里，来了两个饱经风霜的流浪汉，满身尘土，腿脚酸疼。他们在一家小客栈要了间房，叫人送来热水和锡浴盆，一连住了好几天，时不时与客栈里的人攀谈。离开前那一晚，那女人看向男人，问：“怎么样？”她走起路来有点瘸，发色淡得近乎发白。

“嗯，看来母亲统治得有声有色。”男人说。

“如果你登上王位，一定与她不相上下。”女人意味深长地说。

“也许吧。我真觉得这儿很适合养老。可我们还有这么多地方没有去，这么多人有待结识。更别提没肃清的罪行、没消灭的恶棍和没欣赏的风景。诸如此类，你明白的。”

她苦笑了一下，说：“至少我们不会无聊了。不过我们最好给你母亲留个字条。”

于是，客栈伙计给风暴堡的乌娜女爵送去一封信，信以蜡封口。乌娜女爵先仔细盘问了那一男一女的情况，然后才撕开封蜡，阅读来信。信是写给她的，问候语后写道：

> 不可避免地逗留尘世
>
> 静候相见的日子

信由特里斯坦署名，在他的签字边有个指印，在阴影下闪着点点微光，像是撒了一层小星星。

乌娜女爵无可奈何，也只能放下心来。

又过了五年，两个旅人终于回到了高山上的堡垒。他们风尘仆仆、衣衫褴褛，令整个王国蒙羞，把他们当流氓无赖对待。直到男人出示挂在脖子上的黄玉，人们才认出他是乌娜女爵的独子。

加冕仪式和后续的庆祝活动持续了近一个月，年轻的风暴堡第八十二任领主上位执政。他尽可能少做决策，但每个决策都很英明，尽管一开始并不能看出来。虽然左手带伤疤不太灵活，他依然骁勇善战，还是个老谋深算的战略家。他带领子民战胜了阻碍要道的北界地精，还促成了与高崖地雄鹰部落的和平往来，持续至今。

他的妻子依凡妮光彩照人，来自很遥远的地方（没人说得准到底在哪儿）。在与丈夫初次抵达风暴堡后，她在城堡顶层为自己挑了一间房。这间房的屋顶于几千年前被落石击塌，早已弃置不用，没人愿意住。屋顶敞开露天，月光和星光穿透稀薄的空气照射下来，异常明亮，仿佛触手可及。

特里斯坦和依凡妮幸福地生活在一起，但注定无法永恒，因为时间这个盗贼终归会把一切收入自己尘封的仓库。但他们依然幸福了很久，斗转星移，直到某一夜死神降临，在风暴堡第八十二任领主耳边，悄声道出自己的秘密。领主垂下白发苍苍的头，再无声息。他的遗体被子民们送入宗庙，一直躺到今日。

特里斯坦去世后，有人宣称他是城堡联盟的一员，参与推翻怪物朝廷的势力。可此事的真相，和其他许多事一样，都随着他的过世而烟消云散，难以考究其详。

依凡妮成了风暴堡的女领主，无论战时或和平年代，她都是一位不负众望的明君。她不像丈夫那样年华逝去，眼睛依旧湛蓝，头发仍是近白的淡金色。自由的风暴堡城民偶尔会发现，当她的脾气骤然爆发时，就同特里斯坦初次在湖边林地里见到她时一个样。

直到今日，她走起路来还有点跛，但风暴堡中没人敢说三道四，就像他们同样不敢议论她时而会在黑暗中发光一样。

人们说，每晚处理完国事后，她会一瘸一拐，独自爬上宫殿之巅，站上一个小时又一个小时，似乎对山顶的寒风毫不在意。她一言不发，只是仰望着漆黑的天穹，眼神忧伤，看那漫天星辰悠然起舞。

后 记

《星尘》是一篇小说的后续。这篇小说我还没写，也不确定到底会不会写。也许哪天会动笔吧。

“石墙村”是我最先想好的：一个小村子，位于英格兰和仙国的边界。随后有了故事的雏形和设定，主人公是一个四十来岁的爱情小说家，他从美国归来，在石墙村落脚。我想这会是个爱情故事，魔幻而离奇，但必定发生在石墙这一侧。

我写完第一章，搁了好久。

别管是什么原因，反正我停笔了。

很久后的一个晚上，一年或更迟以后，我在沙漠里看到一颗流星，宛如燃烧的钻石。在那一瞬，《星尘》的开篇呈现在了我的眼前。

我开始写《星尘》。为此我特意买了支钢笔，想着用钢笔写书稿没准是个好主意，如今这成了一个“拖累”我的喜好。近来我很有兴趣新创一批人物——维多利亚时代石墙村村民的先祖：索恩家族、海斯塔家族……波洛缪斯先生仍在“第七只喜鹊”贩卖上好的葡萄酒，等待珍妮·科顿的到来。

（这些人在《美国众神》里珍妮·科顿所写的书中得见。）

也许哪天我会写完《石墙村》，也许不会，也许会用这篇序章，也许不会（虽说我觉得两件事都该做）。无论如何，序章是我数年前写下的，是《星尘》开始的地方。

《石墙村·序章》此前只出版过两次，初次编于1999年出版的《星尘坠落》。众多艺术家为该书合编插画，为艺术家查尔斯·维斯的妻子筹钱，她遭遇了惨烈的车祸。《星尘坠落》还收录了关于石墙村的另一个短篇——威灵顿领主如何找回马的故事，作者是苏珊娜·克拉克。几年后，美国海兰出版社的版本中再次收录了《石墙村·序章》。

（我始终想写另一个故事，它发生在《星尘》的世界，讲述特里斯坦如何以及为何乘热气球去了地狱。）

希望你享受《星尘》。

尼尔·盖曼

石墙村：序章

它不是黑白的，你凑近后才能看出来。珍妮屏住呼吸，生怕把鸟儿吓跑。

它的长尾巴高高翘起，仰着脑袋，灵动地跳过克尔顿家修剪齐整的草坪。

珍妮盯着这只喜鹊，看得入了神。它的肚皮和翅膀映着纯白的光，覆住头、背、翼尖和尾巴的羽毛乍一看是黑色，近看则不然：尾巴含红、紫、绿，翅膀含蓝和绿，通体透着青翠的光泽。

一只是悲伤。

她十二岁。

她赤脚站在草地上，感受脚趾间的草皮，闻着夜晚的气息。不久前刚下过雨，草地依然湿润。

太不幸了，我不想悲伤。

上方传来呼啦一声，像是在回应她的心念。另一只喜鹊从秋日的天空扑腾着飞了下来。

两只是快乐。这样好多了。

两只喜鹊绕着打转，像身着晚礼服的两个胖子，互相挤眉弄眼，看谁率先开口。

安静的傍晚，天色阴沉，空气灰蒙而凉爽。珍妮穿着印染棉短裙和白色棉布衫。

今天是 1963 年 11 月 8 日，星期五，明天是她的生日。

呼啦。

第三只喜鹊加入了。

第三只是女孩，珍妮想，那一定是我了。

十三岁会有不同的感受吗？珍妮觉得不一定。她对生日存有戒心，除了礼物，她不觉得生日全然为好。睡前你是一个年纪，不由分说，醒来就大了一岁。

明天她就不再是个孩子了。

呼啦。

这只鸟笨拙地落了地，跳到一边稳住身子。

第四只是男孩。她一边想，一边凝视着四只鸟，然后摇了摇头。不，这儿没有男孩，只有她的哥哥们。

四只喜鹊互不理睬，各自忙着在湿润的草地上东瞅瞅西瞧瞧，时而用又黑又弯的鸟喙啄起什么东西来。

离得近了，它们也没她想象的那么大，只是尾巴特别长。喜鹊在她面前的草皮上绕着圈，尾巴上下摆动。

大概一周之前，珍妮读了一本书，故事发生在一所寄宿制女校：品学兼优的女生——艾莉森被指认偷了玛乔丽的几枚戒指，玛乔丽是个高傲的女孩，担任曲棍球队的队长。不过呢，最后一章中，戒指在一个喜鹊巢里被发现了；当玛乔丽扭伤脚踝时，艾莉森带领曲棍球队赢得了胜利。

珍妮很好奇，喜鹊到底会不会偷亮晶晶的东西？

她不晓得自己能一动不动站上多久。她实在不想把喜鹊吓跑，但她的左大腿开始抽筋了。

呼啦。

呼啦。

又来了两只喜鹊，一只特别小——个头小年纪也小。童谣又在她脑中响起：五只是银，六只是金。

这是不是说她会发财？珍妮说不准自己会不会喜欢。

六只喜鹊。

她听到不远处哥哥们的叫喊声，就在屋后的树林里。她万般祈祷，他们千万别玩着玩着就离这儿越来越近，把鸟儿吓走。

她隐隐感受到，你一生中并无太多此刻般的时刻：在这一刻，肺里的空气、脚下湿漉漉的草坪、贴着皮肤的棉布——都让你真切地感受到自己活着；在这一刻，你完完全全活在当下，过去和未来都无所谓了。

她试着放缓呼吸，想让此刻永驻。

喜鹊全都停止了绕圈，也不再啄食，其中一只歪着脑袋盯着她，另外几只……

它们在等待。

珍妮与它们一起等，扭动着湿草中裸露的脚趾。

她听不到哥哥们的声音了。他们一定进了屋，或入了树林深处。

呼啦。

这只喜鹊特别大。

这是最后一只。七只是个不可告人的秘密。这是童谣的最后一句。

她惊奇地盯着它：从它的喙尖到尾端足有两尺。还有颜色，它的翅羽上有好些她叫不上名的颜色。另外六只喜鹊一蹦一跳，围成一个半圆，全都面朝珍妮。

珍妮看着喜鹊，在秋日寒凉的黄昏中。

喜鹊也看着她，似乎在等待什么。

七只是个秘密，不可告人的秘密。

她常在坐车时数窗外飞过的喜鹊，可在此之前，她从没见过三只以上一同出现。

“告诉我，秘密是什么呀？”珍妮对鸟儿说。

有那么一瞬，她担心它们会受惊，生怕自己一开口就打破了魔咒，可鸟儿没有动静。

最后一只喜鹊仰望着她，头歪向一边，像是把她当成了一枚闪亮的戒指，估量着值不值得把她带回鸟巢。

“你要去石墙村。”这只喜鹊说道。它的声音很粗糙，有金属质感。

珍妮张开嘴正想发话，可她犹豫了一下。

“哪儿？”她问，“我要去哪儿？”

最小的喜鹊往前迈了几步，告诉她：“可这是个秘密，你跟谁都不可以说。”

“可是——”

她没来得及说完。倏然，所有喜鹊振翅起飞，空中满是黑与白（还有蓝与绿），耳中仿佛只有扇翅声。珍妮惊得退了一步，胸腔中的心脏怦怦直跳。

鸟儿飞走了。

魔法解除，她突然觉得不舒服：胃揪得很紧，心跳得极快，一阵莫名的恐慌袭上了她。

她跑过潮湿的草坪，进了屋子。

她妈妈在厨房里，正坐在桌边穿红花菜豆：“珍妮？亲爱的，你还好吗？”

珍妮点点头，一言不发地冲进客厅。胃里一阵抽疼。她感到有点恶心，还有点怪怪的。

她两步一跨上了楼梯，进入楼梯顶端的卫生间，锁上门，重重地靠在门背上。疼痛越来越剧烈，她头晕目眩。

慢慢地，她坐了下来，冰凉的油毛毡缓解了她的不适。

她闭上双眼。

脑海中的喜鹊仍在飞来飞去，黑眼睛向下瞅着她，翅膀缓缓扇动。黑白相间的大鸟被困于时间之中，悬在她的眼睛后方。

她感到双腿间有点湿。

珍妮睁开眼，拉下短裙，露出又白又细的双腿，直到能看见白色的棉内裤。内裤中心有个小红点正在扩散。

她浑身一颤，再次闭上眼睛。

你回不去了。这是一条分界线。我再也不是个小女孩了。

也许这就是那群喜鹊想告诉我的吧。

她往内裤上垫了些面巾纸，走下楼梯，去问妈妈该怎么办。

一切都不同于以往了。

现在她明白了。

时间渐渐流逝，可珍妮·克尔顿永远忘不了那一天：卫生间里的感受、母亲的解释、垫上卫生巾，还有阿司匹林溶于水后的苦涩味道。这些事逐渐盖过了先前的事。

三十年过去了，留在她记忆中的，只剩下喜鹊翅膀上绿色和紫色的光泽，还有一点：当你凑近看后，它并不只有黑色与白色。

致谢

首先，我要感谢查尔斯·维斯。他在当今维多利亚风的精灵绘画上首屈一指，若无他的作品启发，这篇故事将不复存在。每完成一章后，我就会打电话读给他听。他会耐心倾听，抓住每个笑点。

我要感谢珍妮·丽、凯伦·伯格、保罗·维兹、梅丽尔·海菲兹、卢·阿罗尼卡、珍妮弗·赫尔希和提亚·马基尼，他们都为该书的出版出了力。

还有霍普·米尔利斯、洛德·邓萨尼、詹姆斯·布兰奇·卡贝尔及 C.S. 刘易斯。无论他们身在何处，我都无以回报。感谢他们告诉我，童话也属于大人。

托莉借给我房子，我在那里写完了第一章。她要求我把她写成一棵树作为交换。

在《星尘》的创作过程中，许多人读了原稿，告诉我哪儿对哪儿不对。若我没听，那不是他们的错。我由衷地感谢丽莎·汉森、戴安娜·韦恩·琼斯、克丽丝·贝尔和苏珊娜·克拉克。

我的妻子玛丽和我的助手洛林为该书付出了许多，远超她们分内的。她们将我最初的几章手稿打到电脑上，我对她们感激不尽。

孩子们，说实话，完全没帮上忙，说真的我也不觉得他们以后会帮上什么忙。

尼尔·盖曼

1998 年 6 月

☆

我还须感谢一些人。

上篇致谢是十四年前写的。而今孩子们长大了，甚至谈起自己要孩子的事。玛丽和我离了婚，所幸我们仍是好朋友。世界变了许多，但童话对我来说依然真实。

我要感谢马修·沃恩和简·古德曼，他们将《星尘》搬上银幕，为本书吸引来新一批读者。毫无疑问，这些读者中有人怀念莎士比亚船长、天空海盗和简关于爱的一番妙语，我为之深表歉意，但我希望他们能享受小说中未编入电影的东西。

我的编辑，珍妮弗·布里赫，代我施了魔法，日复一日。因为她，你手中的书才得以面世。谢谢你，珍妮弗。

查尔斯·维斯是我第一个致谢的人，第一个听这个故事的人，我依旧感谢他。

最后，我要感谢我的妻子，阿曼达·帕默，她出乎意料地落入了我的世界，还用说吗？她就是一颗星星。

尼尔·盖曼

2012 年 4 月

图书在版编目（CIP）数据

星尘 / (英) 尼尔·盖曼 (Neil Gaiman) 著；李雅欣译. -- 南京：江苏凤凰文艺出版社, 2018.8

（读客外国小说文库）

书名原文: Stardust

ISBN 978-7-5594-2551-5

Ⅰ.①星… Ⅱ.①尼… ②李… Ⅲ.①长篇小说—英国—现代 Ⅳ.①I561.45

中国版本图书馆CIP数据核字（2018）第156250号

图字：10-2018-156号

书　　名　星尘

著　　者　（英）尼尔·盖曼
译　　者　李雅欣
责任编辑　丁小卉　姚　丽
特邀编辑　叶　子　刘　雨
责任监制　刘　巍　江伟明
策　　划　读客文化
版　　权　读客文化
封面设计　读客文化　021-33608311
出版发行　江苏凤凰文艺出版社
出版社地址　南京市中央路165号，邮编：210009
出版社网址　http://www.jswenyi.com
印　　刷　三河市龙大印装有限公司
开　　本　890mm x 1270mm　1/32
印　　张　8.25
字　　数　146千
版　　次　2018年8月第1版　2018年8月第1次印刷
标准书号　ISBN 978-7-5594-2551-5
定　　价　39.90元

如有印刷、装订质量问题，请致电010-87681002（免费更换，邮寄到付）